Edition Paashaas Verlag

EPV

Autor: Brigitte Kemptner
Cover-Motive: Pixabay.com
Covergestaltung: Michael Frädrich
Lektorat: Renate Habets / Manuela Klumpjan
Originalausgabe April 2023
Edition Paashaas Verlag – www.verlag-epv.de
ISBN: 978-3-96174-121-2
Druck: Books on Demand GmbH, Norderstedt

Die Deutsche Nationalbibliothek verzeichnet diese Publikation in der Deutschen Nationalbibliografie; detaillierte bibliografische Daten sind im Internet abrufbar über http://dnb.d-nb.de.

Entscheidung in Osej

Prolog

Sie wollte reich sein. Geld haben im Überfluss. Aber hier in Argon, vor vielen Jahren bekannt als "die Siedlungen der Ausgestoßenen", wo jeder von der Hand in den Mund gelebt hatte, würde sie niemals einen Mann finden, der ihr den Wohlstand ermöglichte, den sie sich so sehr wünschte. Sie wollte nicht so enden wie ihre Mutter, die sich tagtäglich auf den Feldern reicher Bauern und Grundbesitzer abgemüht hatte, um nur einen Hungerlohn mit nach Hause zu bringen.

Thora war zehn gewesen, als die Mutter plötzlich gestorben war. Einen Vater hatte sie nicht, nur noch die Großeltern, die noch richtig viel Hexenblut und Fähigkeiten ihrer Ahnen in sich getragen hatten.

Mit neunzehn hatte sie ihr Zuhause verlassen und Arbeit und Unterkunft auf einem Weingut in der Nähe von Kaliga gefunden, wo Thora als Dienstmädchen eingestellt worden war. Sie hasste es zwar, zu putzen und den Dreck der anderen wegzufegen, aber von irgendetwas hatte sie ja leben müssen. Doch sie hatte nie ein bestimmtes Ziel aus den Augen verloren.

Der fesche Gutsbesitzersohn Olf war seit kurzem verheiratet, was ihn aber nicht daran gehindert hatte, dem Dienstmädchen mächtig nachzustellen.

Thora war ein schönes Mädchen mit rabenschwarzen Haaren, die ihr in Wellen auf die Schultern fielen. Ihr schmales

Gesicht war milchweiß, die Augen eisgrau. Sie war sich ihres Aussehens voll bewusst und machte es sich zunutze. Doch die Liebschaft zwischen ihr und Olf hatte nicht nur Folgen, sondern flog auch auf. Thora wurde schwanger und mit Schimpf und Schande vom Hof gejagt. Bis nach Miara, der Oberstadt von Smela, war es zum Glück nicht weit. Hier suchte sie sich notgedrungen eine Arbeit, denn von irgendetwas musste sie ja leben. So kam es, dass sie bis zur Geburt ihres Kindes in einer Schenke die Gäste bediente. Der Wirt war recht freundlich und überließ ihr sogar eine kleine Dachkammer. In einem Krankenhaus brachte sie schließlich ein Mädchen zur Welt, wofür ihr weniges Ersparte drauf ging. Da sie mit dem Kind nichts anfangen konnte, war sie damit einverstanden, dass es zu Zieheltern kam.

Thoras Wunsch nach einem reichen Mann wurde immer stärker. Sie hoffte immer noch, hier in Miara das große Glück zu finden, wobei Glück nicht wirklich eine Rolle für sie spielte. Hauptsache für sie war, dass es ihr endlich gelang, einen wohlhabenden Mann an Land zu ziehen.
Da sie nicht wieder in dieser Schenke arbeiten und wohnen wollte, brauchte sie eine neue Unterkunft. Diese fand sie bei einer schon recht alten Frau, die eine Hilfe im Haushalt suchte. Thora hasste es auch hier, zu putzen, einzukaufen und der Frau vorzulesen. Sooft es ihre freie Zeit erlaubte, mischte sie sich unter die Menschen. So mancher Jüngling

stellte ihr nach. Doch sobald Thora merkte, dass er ihr nichts bieten konnte, ließ sie ihn abblitzen.
So kam es, dass sie eines Tages vor dem Schaufenster eines Schmuckladens stand und gierig die funkelnden Ringe, Ketten und Armbänder betrachtete. Sie liebte aber nicht nur Schmuck, sondern überhaupt alles, was man brauchte, um als Dame angesehen zu werden.

Herold, der Sohn des Fürsten Irvin von Kaldam, Herrscher über Smela, verließ genau in diesem Moment das Geschäft. Aus den Augenwinkeln heraus hatte Thora den eleganten Herrn längst bemerkt, der sicher nicht von niedriger Herkunft war, wie sie aufgrund seiner Kleidung vermutete. So lächelte sie ihn an und grüßte höflich, was ihn zu einem freundlichen Gegengruß animierte.
Thora, die sich ihrer Schönheit durchaus bewusst war, konnte ihr Glück kaum fassen, als der elegante Herr in das Schaufenster schaute und meinte: „Die Rubinohrringe würden Ihnen besonders gut stehen."
„Ich habe mir die Schmuckstücke nur ansehen wollen", erwiderte sie ganz auf die schüchterne Tour. „Leider sind die viel zu teuer. Außerdem bin ich neu in der Stadt und suche Arbeit."
Letzteres war natürlich eine glatte Lüge, die ihr leicht über die Lippen ging.
„So ein hübsches Mädchen findet doch ganz bestimmt etwas." Dabei schaute er ihr voll ins Gesicht. „Darf ich Sie zu einem Kaffee einladen?"

Dazu sagte Thora nicht Nein. So saßen sie sich zehn Minuten später in einem Café gegenüber. Die alte Frau, die zu Hause auf ihr Mittagessen wartete, war Thora völlig egal. Sie genoss jedenfalls die Blicke des Mannes, die in ihr die Hoffnung weckten, dass ihre Durststrecke bald der Vergangenheit angehörte.
Doch Herold stellte sie als Pflegerin für seine schwerkranke Frau ein. Diese starb jedoch wenige Monate später, obwohl es laut Familienheiler danach ausgesehen hatte, als würde sich der Zustand der Patientin bald bessern.
Obwohl Thora Kinder nicht sonderlich mochte, kümmerte sie sich nach dem Tod von Herolds Frau gemeinsam mit dem Kindermädchen um die vier- und einjährigen Söhne. An ihr eigenes Kind verschwendete sie keinen Gedanken.

Nach einem Jahr machte Herold Thora, in die er schon seit einiger Zeit verliebt gewesen war, wie er ihr gestand, offiziell den Hof. Als er sie bat, seine Frau zu werden, willigte sie nur zu gerne ein.
Fortan war sie die Frau eines Fürstensohnes. Doch das genügte Thora noch lange nicht. Sie wollte einmal Fürstin werden. Um das zu erreichen, war ihr jedes Mittel recht. Niemand durfte es wagen, sich ihr in den Weg zu stellen ...

Die Schatulle

Elena saß mit ihren Eltern gerade beim Abendbrot, als das Telefon klingelte.

„Immer, wenn wir beim Essen sitzen“, beschwerte sich Cornelius Lanner. „Wer immer das ist, soll später noch einmal anrufen.“

Aber er hatte die Rechnung ohne seine Frau gemacht, die schon auf dem Weg zum Telefon war.

„Meine Mutter“, erzählte sie wenig später, als sie zurück kam. „Sie zieht nun doch schon früher um als geplant. Sie fragt, ob ihr jemand von uns beim Packen helfen könnte. Den Umzug selbst macht eine Spedition. Ich kann nicht, da ich keinen Urlaub habe.“

„Wann soll das denn sein?“, fragte Herr Lanner.

„Nächste Woche schon.“

„Da geht’s bei mir ebenfalls nicht, ich kann vor den Osterfeiertagen auch keinen Urlaub machen. Wie wäre es mit dir, Elena? Oma würde sich sicher freuen, wenn du ihr hilfst.“

„Ne, Paps. Alex und ich wollen uns in den Ferien so oft treffen, wie es geht. Danach fangen doch seine Abi-Prüfungen an. Dann hat er weniger Zeit.“

„Dein Alex wird es verschmerzen“, meinte ihr Vater. „Familie hat Vorrang. Nach den Osterfeiertagen könnt ihr euch noch fast eine ganze Woche sehen.“

„Papa hat recht. Du fährst Montag nach Karlsruhe und hilfst Oma. Sie freut sich bestimmt.“

Elena war sauer, hatte sie sich doch so auf zwei Wochen Ferien mit Alex gefreut. Noch am gleichen Abend rief sie ihn an und erzählte ihm die Neuigkeit.
„Ist zwar schade. Aber wir können uns doch nach den Feiertagen treffen. Da sind ja auch noch Ferien. Familie geht vor. Wir können doch trotzdem miteinander telefonieren."
„Warum bist du nur so verständnisvoll?", rutschte es Elena raus. Sie kannte Alex auch anders.
„Weil ich aus den vergangenen Geschehnissen gelernt habe, wie wichtig eine richtige Familie ist. Sei nicht traurig, Schatz. Ich werde die Zeit damit verbringen, schon mal für die Prüfungen zu büffeln."
„Gut, aber bei Sonntag bleibt's?"
„Klar, ich freue mich doch schon drauf."
Sie sprachen noch eine Zeit lang miteinander, dann verabschiedeten sie sich mit einem zärtlichen „Ich hab dich lieb!", voneinander.

***

Als Elena am Montag in Karlsruhe ankam und mit ihrem Rollkoffer im Schlepptau auf den Bahnhofsvorplatz trat, sah sie schon von weitem ihre Oma. Diese war eine schlanke, modisch gekleidete Frau, mittelgroß mit kurzen, leicht ergrauten Haaren. Für ihre zweiundsiebzig Jahre macht sie noch eine super Figur, ging es Elena durch den Kopf. „Oma!", rief sie und winkte ihr zu. Kurz darauf umarmten sie sich.

„Es ist so schön, dass du gekommen bist, mein Kind", freute sich Luise Scholl und hakte sich bei Elena unter.

Beschwingt ging es zum Parkplatz, auf dem ein alter, schon in die Jahre gekommener Audi stand.
Fünfzehn Minuten brauchten sie bis zur Wohnung, die in einem Altbau mit weiteren fünf Parteien lag.
In den nächsten zwei Tagen wurden kräftig Kartons gepackt.
„Wo ziehst du jetzt eigentlich hin", wollte Elena einmal wissen, die nicht verstand, warum ihre Großmutter diese schöne Wohnung aufgeben wollte.
„Nach Durlach. Eine meiner Freundinnen hat mir eine kleine Wohnung besorgt, die im gleichen Haus ist wie ihre. Was soll ich mit dieser großen Wohnung? Kurz nach dem Tod deines Großvaters vor fünf Jahren habe ich unsere gemeinsame Wohnung aufgegeben, weil ich hierher zu meiner Mutter gezogen bin. Nach ihrer Hüftoperation konnte sie nicht mehr gut alleine bleiben. Ich bin zwar in dieser Wohnung aufgewachsen, aber eine kleinere ist mir jetzt nach ihrem Tod doch lieber. Bin ja auch nicht mehr die Jüngste."
„Du hättest auch zu uns nach Schwetzingen kommen können."
„Ach Kind, ich habe mein ganzes Leben lang hier in Karlsruhe gewohnt, habe meine Freunde, meinen Sportverein, meinen Kegelklub, will mich um Oma Gretes Grab und um das von deinem Opa kümmern. Ich bin also nicht allein. Wir

können uns ja immer wieder besuchen. Außerdem will ich endlich mal deinen Alex kennenlernen."
Beim Erwähnen dieses Namens erschien ein Lächeln auf Elenas Gesicht. Sie vermisste ihn, obwohl sie doch erst zwei Tage fort war.
„Morgen nehmen wir uns den Keller vor", hörte sie Oma sagen. „Ich glaube, das meiste dort unten kann zum Sperrmüll. Was noch einigermaßen in Ordnung ist, gebe ich ins soziale Kaufhaus."

Zum Glück hatte die Großmutter nur zwei Kellerräume. Da unten war es muffig und staubig. Neben einer alten Gefriertruhe standen noch ein ausgedienter Küchenschrank, etliche Stühle und ein wackliger Tisch in dem einen Raum. In dem anderen standen Säcke mit Kleidern, eine alte Waschmaschine, ein Schaukelpferd sowie mehrere Kartons mit Spielsachen. Dann fiel Elenas Blick auf eine große Truhe. Die Beschläge waren rostig, aber sie ließen sich, wenn auch laut quietschend, öffnen. Wieder kam ihr ein muffiger Geruch entgegen, als sie nach der Tischwäsche griff, die gleich obenauf lag. Bettwäsche und Handtücher kamen zum Vorschein, zum Teil sogar noch in Folie. Elena wollte schon aufhören, nach weiteren Dingen zu suchen, als sie eine Holzschatulle entdeckte, die ganz unten stand, so, als hätte sie jemand absichtlich dort versteckt. Das Kästchen ließ sich ganz leicht öffnen.
Ein ungewöhnlicher Duft strömte ihr entgegen. Elena versuchte, ihn zu definieren, doch es gelang ihr nicht.

Jedenfalls war er nicht unangenehm. Obenauf lag ein zusammengelegtes Seidentuch, Urheber des Geruchs. Elena legte es sorgfältig auf die Wäsche und fischte ein Büchlein aus der Schatulle hervor. Sie wollte es aufschlagen, tat es dann aber doch nicht. Vielleicht war es ein Tagebuch, das ihre Oma oder Uroma Grete mal geführt hatten. Weiter zum Vorschein kam ein Schmuckstück, ein goldenes Medaillon. Auf dem Deckel war eine dreizackige Krone, auf der Spitze des mittleren Zackens befand sich ein roter Stein. Wem das wohl gehören mochte? Vielleicht auch der Oma oder der Uroma? Elena konnte nicht verhindern, dass ihr beim Anblick der Dinge plötzlich ein seltsames Kribbeln über die Haut lief. Wie von selbst bewegten sich ihre Finger. Sie öffnete das Medaillon. Als sie das Bildnis in schwarz-weiß darin erblickte, erschrak sie. Das Mädchen sah aus wie sie selbst. Diese Ähnlichkeit war kein Zufall, denn auch ihre Mutter und Großmutter hatten ebenso ausgesehen, als sie so jung gewesen waren wie Elena aktuell. Das hatte sie schon auf Bildern bestaunt und es ungeheuer lustig gefunden. Da fiel es Elena wie Schuppen von den Augen: Sie hatte diese Fotografie schon einmal in größer gesehen. In Osej bei der weisen Hexe Serafina. Das Mädchen in dem Medaillon war Jinni, die vor über zweihundert Jahren aus Osej geflohen war ...

Die Vergangenheit lag hier in dieser Schatulle verborgen, jedenfalls ein Teil davon. Oma musste es also auch wissen, dass sie von einer anderen Welt stammten.

Elenas Herzschlag ging schneller, als sie in die Wohnung lief, wo ihre Großmutter gerade einen Umzugskarton zuklebte.
„Omi! Ich muss dich was fragen“, begann Elena aufgeregt und hielt ihr ihren Fund hin.
„Ich habe im Keller diese Schatulle gefunden.“
Elena beobachtete ihre Großmutter, die ein paar Schritte näher kam. Schwankte sie?, fragte sich das Mädchen.
„Wo … wo hast du die gefunden?“
„In der großen Kiste, wo all die viele Wäsche drin ist. Ganz unten war sie. Omi, was hast du? Du siehst plötzlich so blass aus, und du zitterst ja.“
„Nichts, nichts, ich habe mich nur zu schnell aufgerichtet. Hast du in die Schatulle etwa reingeguckt?“
„Ja, Omi. Nur kurz, aber ich habe das Bild in dem Medaillon gesehen. Du weißt also auch, wo unsere Wurzeln sind?“
Die Großmutter antwortete nicht, sondern setzte sich auf die Couch. Dann sprach sie leise, wie zu sich selbst: „Und ich habe geglaubt, dass meine Mutter die Schatulle verbrannt hat. Das hat sie mir doch fest versprochen. Stattdessen muss sie sie ganz unten in dieser Wäschetruhe versteckt haben.“
Elena hatte sie natürlich verstanden und setzte sich zu ihr.
„Omi, dann hat Uroma Grete es auch gewusst?“
„Es ist schon so lange her“, begann die Großmutter. Sie schien in ihren Erinnerungen zu graben. „Ich war etwa zwanzig, wohnte noch hier in dieser Wohnung bei meinen Eltern und meinem jüngeren Bruder, der aber früh

gestorben ist. Da hat uns eines Tages meine Großmutter besucht und dieses Kästchen mitgebracht. Sie tat sehr geheimnisvoll, als sie meiner Mutter, also deiner Uroma Grete, und mir erzählte, dass wir nicht von dieser Erde seien, sondern unsere Herkunft in einer anderen Welt liegt."

Oma machte eine Pause.

Elena sah ihr an, dass ihr das Reden schwer fiel. Aber sie wollte alles wissen. „Ihr habt ihr nicht geglaubt?"

„Ich wollte diesen Unsinn nicht wahrhaben. Von einer anderen Welt, das gibt es nicht. Aber meine Mutter hat es schon geglaubt. Meine Großmutter zeigte uns den Inhalt der Schatulle, das Medaillon mit dem Bild."

„Und? Das Mädchen darin sieht mir doch sowas von ähnlich, Omi. Mama, dir und Uroma Grete auch, das weiß ich, weil Mama mir schon Bilder von euch gezeigt hat, als ihr etwa so alt wart wie ich. Wir haben uns darüber schon ein bissel amüsiert, ohne zu wissen, wie nahe wir an der Wahrheit sind."

„Diese Ähnlichkeit kann ein purer Zufall sein. Ich glaube nicht an so etwas. Das habe ich meiner Mutter und meiner Großmutter auch gesagt. Aber sie waren felsenfest davon überzeugt, denn sie hatten in dem Büchlein gelesen. Sie redeten auf mich ein, ebenfalls darin zu lesen, dann würde ich anders denken. Aber das habe ich abgelehnt. Ich wollte dieses Kästchen auch nicht hier haben. Aber meine Großmutter nahm es nicht wieder mit zu sich nach Hause. So habe ich meine Mutter angefleht, es zu vernichten, bevor der

Inhalt in falsche Hände gelangt und wir als Verrückte abgestempelt werden. Meine Mutter hat wohl gemerkt, dass ich es ernst meine und mir versprochen, die Schatulle zu vernichten."
„Aber sie hat es nicht getan. Omi, ich will dir etwas erzählen, aber du darfst nicht erschrecken, versprich mir das, ja?"
So erfuhr die Großmutter von Elenas Abenteuern in Osej und auch die Geschichte ihres Freundes Alex, der als Säugling mit seinen Zieheltern aus Osej fliehen musste, um der Grausamkeit seines leiblichen Vaters, dem Fürsten Walgor von Walgsam, zu entkommen.
Die alte Dame hatte aufmerksam zugehört und Elena mit keinem Wort unterbrochen.
Danach war es sekundenlang still gewesen, bis die Großmutter resigniert meinte: „Dann muss ja etwas an der Geschichte dran sein, wenn du alles so genau schilderst. So etwas kann sich ja niemand ausdenken. Verzeih mir, mein Kind, aber das muss ich alles erst einmal verdauen. Ich möchte jetzt allein sein. Pack du bitte die letzten Kartons mit den Büchern. Ich muss mich etwas hinlegen."

Am nächsten Tag war Oma etwas ruhiger, aber hatte nicht mehr über diese Geschichte sprechen wollen. Elena sollte das Kästchen mitnehmen, wenn sie es unbedingt haben wollte. „Ich will es nicht in meinem Besitz wissen. Am besten schweigen wir über alles, so, wie ihr und die Familie deines Freundes es auch tun."

Als Elena im Zug nach Hause saß, musste sie an ihre Unterhaltung mit der Oma denken. Sie war froh, als sie wieder in Schwetzingen war.
Weil sie genau wusste, dass ihre Eltern, vor allem ihre Mutter, allergisch auf das Thema Osej reagierten, versteckte Elena die Schatulle gut in ihrem Zimmer. Als sie am Abend, es war der Karfreitag, gemütlich beim Essen saßen, erzählte Elena ihnen von den Tagen bei der Großmutter und von den Vorbereitungen für deren Umzug. Sie konnte es allerdings kaum erwarten, in ihr Zimmer verschwinden zu können.
„Willst du schon schlafen gehen?", neckte sie ihr Vater.
„Nein, ich will mit Alex telefonieren und vielleicht noch mit Cosi."
„Okay, dann bis morgen, mein Schatz."
Elena erwiderte den Gruß und verschwand. Sie und Alex hatten zwar einige Male telefoniert, als sie bei ihrer Oma gewesen war, doch von der Schatulle hatte sie nichts erzählt.
Sie war ziemlich aufgeregt, als sie Alex' Kontakt anwählte. Nach dem dritten Klingelton ging er ran.
„Hallo Schatz, bist du schon daheim?" Er schien sich zu freuen.
„Ja, wir müssen uns unbedingt treffen. Ich muss dir etwas Wichtiges erzählen", sprudelte es aus ihr heraus.
„Was denn?"
„Nicht am Telefon", flüsterte sie plötzlich.
„Warum sprichst du auf einmal so leise?"

„Wenn Paps oder Mama draußen vorbeigehen, die müssen es nicht hören. Am liebsten gleich morgen. Wo können wir uns treffen?"
„Schlag du was vor. Ich könnte auch nach Schwetzingen kommen."
Elena zögerte etwas. Sie wollte nicht riskieren, von Bekannten gestört zu werden oder gar, dass ihre Freundin oder Schulkameraden unverhofft auftauchten. Dann konnte sie vergessen, Alex von der Schatulle zu erzählen. Das Fürstenstübchen im Ehrenhof des Schlossgartens fiel ihr ein. Dorthin verirrte sich niemand von ihren Leuten, das wusste sie. Alex war damit einverstanden.
„Dann hole ich dich um 15 Uhr an der Schlosshaltestelle ab."
„Geht es nicht schon am Vormittag? Ich habe dich doch so vermisst."
Elena wurde ganz warm ums Herz. „Ich dich doch auch. Aber morgen Vormittag helfe ich Mama beim Kuchenbacken. Sonntag kommen Papas Eltern und sein Bruder aus Stuttgart zu Besuch."
„Ach so, dann sehen wir uns Sonntag also nicht. Aber Montag?"
„Klar, am liebsten die ganze Woche, es sind ja noch Ferien. Dann also bis morgen."
„Bis morgen, Schatz, und träum schön von mir."
Elena hatte ein Lächeln auf den Lippen, als sie das Gespräch beendeten. Dann suchte sie die Nummer ihrer besten Freundin Cosima, überlegte es sich aber und schaltete das

Handy aus. Nein, Cosi musste warten. Zuerst wollte sie sich den Inhalt der Schatulle endlich einmal in aller Ruhe und mit Deutlichkeit anschauen.
Sie war schrecklich aufgeregt, als sie den Deckel öffnete. Wieder strömte ihr dieser seltsame Duft entgegen, der von dem Seidentuch ausging. Sie entfaltete es und betrachtete es genau.
Das Muster des Tuchs bestand aus zarten Pastelltönen mit einer rosafarbenen Blume in der Mitte, die Elena an eine Rose erinnerte. Auch das goldene Medaillon mit der Krone öffnete sie. Das Mädchengesicht lachte ihr entgegen. Es war ein Schwarz-Weiß-Foto, aber die Ähnlichkeit war trotzdem zu erkennen. Nun fiel Elenas Blick auf das zweite Bild. Ein gutaussehendes Jungengesicht war zu sehen. Sicher Jinnis Bräutigam, den sie nach dieser Fehde im Jahr 1814 nie wiedergesehen hatte. Die Haare des jungen Burschen waren dunkel und fielen ihm fast auf die Schultern. Das war wohl vor zweihundert Jahren so Mode gewesen, dachte Elena und musste grinsen. Noch immer lag ihr Blick auf dem Jungengesicht mit den hohen Wangenknochen. Je länger sie es betrachtete, desto intensiver hatte sie das Gefühl, es schon einmal gesehen zu haben. Aber das konnte ja nicht möglich sein, da es zweihundert Jahre alt war. Sie schloss das Medaillon und nahm das Büchlein. Die Buchstaben, die ihr entgegensprangen, hatten eine andere Form als die von heute, musste sie feststellen, trotzdem konnte sie, wenn auch langsam, lesen, was die Schreiberin darin verewigt hatte:

Gertrud Krug

Karlsruhe, 1860

Ich habe in meinem vierzehnjährigen Leben schon einiges erlebt, aber das, was ich vor ein paar Tagen belauscht habe, hat mir ziemlich zugesetzt und mich arg durcheinander gebracht. So sehr, dass ich es einzig und allein nur meinem Büchlein anvertrauen kann. Niemals darf jemand davon erfahren, nicht einmal meine Freundinnen.

Es ging in der Unterhaltung zwischen meinen Eltern um meine Großmutter mit dem eigenartigen Namen Jinni, die ein Jahr nach meiner Geburt gestorben ist. Sie war damals mit meinem Vater schwanger, als sie ihre Heimat verlassen musste. Mit siebzehn. Ihre Heimat, das war nicht mal eben Holland, Frankreich oder die Schweiz, nein, das Land heißt Osej. Man findet es auf keiner Landkarte der Erde. Es ist eine Anderswelt, die Großmutter Jinni verlassen musste, wie Vater es meiner Mutter erklärte. Durch einen magischen Nebel. Wenn ich mir das vorstelle, läuft es mir kalt den Rücken runter. Auch war die Rede davon, dass meine Großmutter nie fröhlich gewesen sein soll oder gar gelacht hat. Sie soll zwar eine gute Mutter, aber bis zu ihrem Tod ein unglücklicher Mensch gewesen sein.

Meinen Eltern habe ich natürlich nicht gestanden, dass ich sie bei dieser Unterhaltung belauscht habe, an deren Ende sie sich gegenseitig schworen, mir nie etwas davon zu erzählen.

Deshalb werde ich dieses Büchlein jedes Mal, wenn ich etwas hineingeschrieben habe, so gut verstecken, dass es meine Eltern niemals finden.

Der nächste Eintrag war erst zweiundzwanzig Jahre später:

Karlsruhe, 1882
Die Zeit ist nicht mein Freund gewesen in den letzten Jahren. Viel ist passiert. Das hat mich am Schreiben gehindert. Vor ein paar Wochen ist nach langer Krankheit nun auch meine Mutter gestorben. Beim Ausräumen der Wohnung habe ich eine Schatulle gefunden. Der Inhalt hat mir dann die Gewissheit gegeben, dass es also wahr ist. Dass meine Großmutter tatsächlich aus einer anderen Welt kam. In der Schatulle habe ich nämlich einen Brief von ihr gefunden, den sie niemals abgeschickt hat, nicht abschicken konnte, weil kein Postamt auf der Erde in der Lage ist, Post zwischen zwei Welten zu versenden.
„Liebster Gisbert", begann der Brief. Wohl der in diesem Medaillon, das ebenfalls in dem Kästchen liegt. „Mir ist das Herz so schwer, weil wir für immer durch diese schreckliche Fehde zwischen unseren Völkern getrennt wurden. Du in Sidoc, ich in Smela. Aber ich musste mein Volk verlassen, weil ich dein Kind in mir trug. Meine Familie empfand es als Schande, weil ich noch nicht verheiratet war. Sie wollte es mit Zaubertränken und Elixieren aus meinem Körper vertreiben und sperrten mich sogar ein. Aber ich konnte entkommen und habe bei der weisen Hexe Urbana

Zuflucht gefunden. Die hat mir von dem magischen Nebel erzählt, durch den ich in eine andere Welt entfliehen konnte. Ich bin so allein und traurig, dass ich am liebsten aus dem Leben scheiden würde, wäre nicht dein Kind, das bald in meinem Arm liegen wird, das aber niemals seinen Vater kennenlernt ...“

An dieser Stelle hört der Brief auf. Meine Augen schwimmen schon längst in Tränen, weil mich diese Zeilen so unsagbar traurig machen. Ich werde auch diesen Brief mit dem Büchlein gut aufheben. Dann habe ich noch einmal zu dem Medaillon gegriffen und mir durch einen Tränenschleier die Fotografie des Mädchens genauer betrachtet. Leider gibt es von mir keine Bilder, als ich im Teenageralter war, aber ich weiß auch so, dass eine gewisse Ähnlichkeit zwischen uns beiden besteht. Einzig unsere Haare unterscheiden sich. Meine sind glatt, heller und kurz. Die des fremden Mädchens dunkel und lockig.

Leider hatte die Schreiberin keine weiteren Einträge mehr gemacht, aber nach etlichen leeren Seiten kam ein neuer Text, der von einer anderen Person geschrieben worden war, wie Elena an der Handschrift feststellte:

Ilse Schmitt
Karlsruhe, 1918
Ich kann es nicht glauben, was ich hier auf den vorherigen Seiten gelesen habe. Und doch ist es

so unglaublich, dass ich es dann doch für die Wahrheit halte. Ich bin bei meiner Großmutter Gertrud aufgewachsen, weil meine Mutter bei meiner Geburt gestorben ist. Papa musste arbeiten, kam aber im Krieg ums Leben. Vor einigen Wochen ist dann meine geliebte Oma an der Spanischen Grippe gestorben. Beim Aufräumen habe ich eine Schatulle mit merkwürdigem Inhalt, einschließlich dieses Buchs, gefunden. Meine Oma hat auch an diese Anderswelt geglaubt, wo unsere Wurzeln liegen sollen. Aber ich werde niemandem davon erzählen, man würde mich garantiert in eine Heilanstalt schicken, wie meine Nachbarin, die durchdrehte, weil ihr einziger Sohn im Krieg gefallen ist. Nein, ich werde einfach nicht mehr daran denken und das Kästchen gut verstecken.

Elena glaubte schon, dass dies die letzte Eintragung war, doch nach einigen leeren Seiten kam noch etwas.

Karlsruhe, 1962
Ich hatte diese Schatulle völlig vergessen. Es ist auch so vieles in den ganzen Jahren geschehen. Ich habe geheiratet und 1921 meine Tochter

Grete geboren. Zwei Jahre später einen Jungen, der blind zur Welt kam. Mit zehn Jahren erkrankte er an Kinderlähmung und starb. Dann kam der zweite Weltkrieg und nahm mir meinen Mann. Jahre der Trauer mussten überstanden werden, aber sie vergingen zum Glück, als meine Grete heiratete und mir 1942 ein Enkelkind schenkte.

Und dieses Enkelkind war meine Großmutter, dachte Elena und las weiter …

Die folgenden Jahre waren hart. Deutschland war zerbombt, und wir Frauen mussten alles wieder mit aufbauen, aus den Trümmern Neues schaffen. So lernte ich meinen zweiten Mann kennen, mit dem ich zehn Jahre glücklich war. Er starb an Krebs. Da er mich nicht mittellos zurückließ, konnte ich in unserer Wohnung bleiben. Und dann erinnerte ich mich wieder an diese Schatulle und holte sie zum Vorschein. Ich habe alles noch einmal durchgelesen, mir das Medaillon angeschaut. Ja, dieses Mädchen sah wirklich aus wie meine Tochter, meine Enkelin und ich, als wir etwa in diesem

Alter waren. Immer intensiver setzte sich in mir diese Tatsache fest, dass wir wirklich aus einer anderen Welt sind. Diese Tatsache durfte ich nicht für mich behalten, Grete musste es wissen, genauso wie Luise, meine Enkelin. Natürlich würden auch die schweigen und es niemals jemandem erzählen.

Der Rest des Büchleins war leer. Wie es weiterging, wusste Elena ja von ihrer Großmutter, die der ganzen Geschichte keinen Glauben schenkte. Deshalb wird sie wohl auch Mama nichts erzählt haben, überlegte Elena, als sie das Buch wieder in die Schatulle legte.

Die Mutter war nicht begeistert davon, dass sich Elena am nächsten Tag mit Alex treffen wollte.
„Du weißt doch, dass wir Besuch bekommen, da wäre es mir lieb, wenn du mir auch am Nachmittag noch beim Dekorieren und beim Vorbereiten des Essens helfen könntest."
„Ach, Mami, ich habe Alex eine Woche nicht gesehen."
„Dann trefft euch am Montag. Außerdem habt ihr noch die ganze nächste Woche Ferien."
Die Mutter blieb hart. Elena sagte Alex enttäuscht am Nachmittag ab, sie wollten aber am Abend noch telefonieren.
So gegen 17 Uhr erschien unverhofft Cosima.
„Wenn der Prophet nicht zum Berg kommt ..."

„... dann kommt der Berg halt zum Propheten“, ergänzte Elena, die über den Besuch der Freundin erleichtert war. So verging die Zeit bis zum Telefonat mit Alex schneller.
„Wie war es denn bei deiner Oma“, wollte die Freundin wissen und ließ sich auf Elenas Bett fallen.
„Ganz gut. Wie ist denn deine Woche gelaufen?“
„O Mann, frag lieber nicht.“
„Warum? Es sind doch Ferien.“
„Ja, aber Julian ist mit einigen Freunden zum Segeln gefahren. Ohne ihn ist es sterbenslangweilig.“
„Dass ihr nach neun Monaten noch zusammen seid, wundert mich“, rutschte es Elena raus.
„Klar, warum denn nicht? Glaubst du, nur du kannst über längere Zeit einen Freund haben?“ Cosima tat, als wäre sie beleidigt.
„Bei dir weiß man das nie.“
„Ich weiß, ich weiß. Dein Alex hätte mir auch gefallen, aber der hatte ja nur Augen für dich. Ich gönn ihn dir ja.“
„Danke, nett von dir“, frotzelte Elena.
Sie erinnerte sich noch gut daran, dass Cosima damals sehr hinter Alex her gewesen war und sogar einmal dazu beigetragen hatte, dass er sich mit Boris, dem damaligen Verehrer Cosimas, geprügelt hatte. Vielleicht war die Freundin endlich vernünftiger geworden und spielte nicht mehr mit den Gefühlen anderer. Aber die Hand dafür ins Feuer würde sie nicht legen.

Später, als sich die Freundinnen getrennt hatten, telefonierte Elena noch eine ganze Weile mit Alex, der genauso enttäuscht darüber war, dass sie sich am Nachmittag nicht treffen konnten. Dafür wollten sie den ganzen Montag zusammen sein.

Mit dem ersten Bus fuhr Elena am Ostermontag nach Mannheim-Neckarau, wo Alex sie an der Haltestelle abholte. Mit einer zärtlichen Umarmung und einem Kuss begrüßten sie sich.
„Ich habe dich so vermisst", gestand sie.
Dann gingen sie Arm in Arm zu ihm nach Hause. Die Lohensteins begrüßten Elena freundlich, bevor die jungen Leute in Alex' Zimmer verschwanden.
„Und, was hast du mir so Wichtiges zu sagen?", wollte er wissen.
Elena setzte sich auf sein Bett und holte aus ihrem Rucksack das Kästchen. Sie war sehr aufgeregt, als sie ihm die Schatulle reichte.
„Das habe ich bei Oma im Keller gefunden. Schau selbst, was drin ist."
Alex öffnete sie, holte den Inhalt heraus und legte alles auf den kleinen Tisch. „Darf ich lesen?", fragte er, als er das Büchlein nahm.
Elena nickte, dabei beobachtete sie ihn ganz genau.
Auch Jinnis Brief las er.
„Wissen deine Eltern von der Schatulle?"

„Nein, was denkst du denn! Ich werde sie ihnen auch nicht zeigen, jedenfalls jetzt noch nicht. Ob meine Vorfahren auch noch Fähigkeiten haben so wie ich? Du weißt doch, dass ich den Nebel herbeirufen konnte, als ich mit deinen Zieheltern im Park am Weiher stand? Und als ich nur mit Handauflegen deine Kopfschmerzen vertrieben habe."
„Weiß ich doch. Schließlich waren diese Völker in Osej früher einmal Hexen, auch wenn viele Fähigkeiten im Laufe der Jahrhunderte verloren gegangen sind, wie Serafina uns erzählt hat."
„Aber es sind trotzdem noch welche vorhanden, bei dir doch auch, denn auch du hast damals meinen Knöchel geheilt, als du ihn mit deiner bloßen Hand umschlossen hast."
Eine Pause entstand, dann fragte Alex: „Sag mal, hast du etwa vor, deinen Wurzeln zu folgen?"
Elena schaute Alex voll ins Gesicht. „Darüber habe ich noch nicht nachgedacht. Vor hatte ich es jedenfalls bisher nicht, aber ..."
„Aber was?"
„Na ja, seit ich den Inhalt der Schatulle kenne, habe ich darüber nachgedacht. Reizen würde es mich schon."
„Du hast dich so dagegen gewehrt, als wir noch drüben bei meiner leiblichen Familie waren."
„Ja, es ist auch nur so eine Idee von mir, vergiss es."
„Elena, ich kenne dich doch. Wenn du dir was in den Kopf gesetzt hast, willst du es auch ausführen. Ich habe nicht vergessen, wie du mir damals nach Osej gefolgt bist. Du hast ja sogar meine Zieheltern eingespannt, dir dabei zu helfen."

„Das stimmt schon. Ich konnte ja auch nicht anders, es war schon ein seltsames, magisches Gefühl, das mich trieb."
Alex grinste. Er drückte ihr einen Kuss auf die Wange.
„Ich bin im Nachhinein froh, dass du so hartnäckig warst."
„Aber du warst auch sehr böse, als du erfahren hast, dass ich in der Burg bin."
„Ja, weil du dich in Gefahr begeben hast. Ich hätte dir damals am liebsten den Hintern verhauen. Aber es ist ja alles gut gegangen."
Elena legte den Kopf an Alex' Schulter, der sich längst neben sie auf die Bettkante gesetzt hatte.
Es klopfte an der Tür.
„Kommt ihr zum Essen?", rief Frau Lohenstein.
Minuten später saßen sie zu viert im gemütlichen Esszimmer bei Gulasch und Knödeln.
„Ihr zwei macht so geheimnisvolle Gesichter", wandte sich Ansbert jetzt an Alex.
„Sollen wir es sagen?", fragte Alex an Elena gewandt. Als diese nickte, erzählte er den Zieheltern, die ja ebenfalls aus der Anderswelt kamen, von der Schatulle und deren Inhalt.
„Da habt ihr doch den Beweis, dass Elenas Vorfahren aus Osej stammen", meinte Ansbert.
Agneß fragte: „Wirst du jetzt deine Familie kennenlernen wollen?"
Nach einigem Zögern antwortete Elena: „Ich weiß es nicht so recht. Einerseits würde es mich schon interessieren, andererseits liegen zweihundert Jahre zwischen mir und

Jinni. Von Familie kann also keine Rede mehr sein, die lebt hier. Ich möchte, ehrlich gesagt, auch keine andere."
„Gut, sagen wir Vorfahren", verbesserte Agneß. „Aber zu was auch immer du dich entscheidest, überlege es dir gut. Will noch jemand einen Nachtisch? Es gibt Schokoladenpudding."
Dazu sagte natürlich keiner Nein.

Wenn Elena in den nächsten Tagen nicht mit Alex zusammen war, überlegte sie, ob sie ihren Eltern doch von der Schatulle etwas sagen sollte. Sie entschied sich jedoch dagegen.

Albträume

In den folgenden Wochen ging eine Veränderung in Elena vor. Sie träumte immer häufiger von Jinni, litt im Traum mit ihr, weil sie ihr Land und ihren Liebsten hatte verlassen müssen. Morgens war sie todmüde, in der Schule konnte sie sich schwer konzentrieren.

„Du wirst doch nicht krank werden", meinte eines Tages die Mutter, als Elena ihren Kuchen zurückschob, ohne ihn anzurühren.

„Nein, Mami. Ich habe einfach keinen Appetit. Ich bin im Zimmer lernen."

„Dann hast du Streit mit Alex? Ihr seht euch ja kaum noch."

„Nein. Alex steckt mitten im Abi. Wenn die ganzen Prüfungen rum sind, treffen wir uns wieder häufiger."

Elena ging zur Tür, wurde aber noch einmal von ihrer Mutter aufgehalten.

„Ich merke doch, dass etwas nicht stimmt. Willst du mir nichts sagen?"

„Es ist nichts, Mami. Ich habe nur viel zu lernen, das ist alles."

In ihrem Zimmer saß sie dann da und musste sich zwingen, ihre Hausaufgaben zu machen.

***

Dann hörten die Träume plötzlich auf. Elena ging es wieder viel besser, doch dann nach etwa zwei Wochen begannen

sie wieder. Dann wachte sie morgens mit klopfendem Herzen auf. Einmal sprach Jinni sogar zu ihr, winkte ihr zu, aber Elena verstand nicht, was sie sagte.
Ihren Eltern konnte sie unmöglich von diesen Träumen erzählen. Dann wachte sie eines Nachts auf und glaubte, dass jemand auf ihrer Bettkante saß. Sie spürte regelrecht die Nähe einer Person. Außerdem war da dieser Duft, der ihr bekannt vorkam. Elenas Herzschlag ging einige Takte schneller, als sie rasch ihre Nachttischlampe anknipste. Doch niemand saß auf ihrem Bett. Elena fuhr über die Kante. An einer Stelle war die Matratze warm. Oder bildete sie sich das nur ein?
Der Duft jedoch war verflogen. Panik ergriff Elena. War sie im Begriff, überzuschnappen? Sie musste unbedingt mit Alex reden. Mit dem Gedanken an ihn schlief sie schließlich doch noch bei Licht ein.

***

Alex stand am Sonntag vor Pfingsten an der Bushaltestelle und wartete auf Elena. Ihre Stimme hatte am Telefon so seltsam geklungen, als sie ihn um ein Treffen gebeten hatte. Inzwischen hatte er endgültig das Gefühl, dass etwas im Busch war. Elena war schon bei ihren letzten Besuchen und Telefonaten ziemlich wortkarg gewesen. Außerdem hatte er den Eindruck, dass sie irgendwie abwesend wirkte bei ihren Gesprächen. Wurde sie etwa krank, oder hatte sie sich vielleicht in einen anderen Jungen verliebt? An Letzteres mochte Alex nicht glauben.

Der Bus kam. Als Elena ausgestiegen war, eilte er sogleich auf sie zu und wollte sie in den Arm nehmen.

Sie schob ihn jedoch sanft von sich. „Wo können wir ungestört reden?“, fragte sie.

„Bei mir zu Hause. Meine Eltern sind auf einen Geburtstag eingeladen. Also sind wir ungestört. Ist es so wichtig, dass du nicht mal einen Kuss von mir willst?“ Letzteres hatte er einfach noch sagen müssen.

„Natürlich möchte ich einen Kuss.“

Alex küsste sie.

Zehn Minuten später saßen sie in seinem Zimmer. „Soll ich uns Kaffee machen? Meine Mutter hat Kuchen gebacken ...“

„Nein. Ich mag nichts essen.“

Alex schaute seine Freundin an. „Was ist los mit dir? Du gefällst mir seit einiger Zeit überhaupt nicht. Blass bist du geworden, und abgenommen hast du auch. Also, jetzt will ich wissen, was los ist.“

Alex beobachtete Elena. Sah, dass ihre Lippen zitterten und die Augenlider flatterten. Ein tiefer Atemzug entwich ihrer Brust.

Endlich erfuhr Alex von ihren Träumen.

Danach war es erst einmal still. Daraufhin zog er sie in seine Arme. „Mein armer Schatz. Warum hast du mir nicht schon eher davon erzählt?“

„Weil ...“, sie schniefte, „weil du mitten in den Prüfungen bist und ich dich nicht damit behelligen wollte.“
„Du Schaf, das hättest du mir trotzdem erzählen können. Wozu sind denn Freunde da? Oder Verliebte?“
„Du hast ja recht. Aber warum kommen diese Träume auf einmal? Ich wusste doch schon bei meinem ersten Besuch in Osej von dieser Jinni und ihrer Flucht in unsere Welt. Da hatte ich nie Träume.“
Alex überlegte. „Wo hast du diese Schatulle?“
„In meinem Nachtkästchen.“
„Vielleicht ist sie der Auslöser deiner Träume. Vielmehr der Inhalt. Vergiss nicht, wo unsere Wurzeln liegen. Es sind immer noch Fähigkeiten von einst da.“
„Meinst du, Jinni ruft mich? Sie möchte, dass ich an den Ort ihrer Herkunft gehe?“
„Möglich wäre es. Vielleicht findet ihre Seele erst dann endlich Ruhe. Denke an das, was in dem Büchlein steht. Jinni war kein fröhlicher Mensch, obwohl sie einen Sohn hatte. Sie war unglücklich bis an ihr Lebensende. Ich glaube, sie konnte ihren Verlobten und ihre Heimat nie vergessen.“
„Dann muss ich nach Osej. Sonst werde ich diese Träume nie wieder los.“
Alex erschrak. Das wollte er auf keinen Fall.
„Vielleicht verbannst du die Schatulle in den Keller. Dort ist sie weit genug weg, und die Träume sind vorbei.“
„Alex“, Elena schaute ihm plötzlich tief in die grauen Augen. „Ich kann das nicht. Ich muss dort hin, es ist, als ob das so sein muss.“ Ihre Stimme war auf einmal leise und

eindringlich. „Ich musste diese Schatulle in Omas Keller finden. Du hast es doch selbst gesagt, dass Jinnis Seele erst Ruhe findet, wenn ich an den Ort ihrer Herkunft reise."

„Das sagte ich so dahin, aber ich meinte damit nicht, dass du es auch tun sollst."

„Du hast dich im letzten Jahr doch auch nicht davon abbringen lassen, nach Osej zu reisen, weil dein Mal wieder geschmerzt hat und du diese Albträume hattest."

„Stimmt, aber da ging es um meine Familie in Osej. Während deine Familie schon seit gut acht Generationen hier auf der Erde lebt. Und mit den Nachkommen von Jinnis drei Brüdern hast du doch nichts zu tun."

„Deine leibliche Mutter hätte es gerne gesehen, wenn ich meine Vorfahren in Miara kennenlernen würde."

„Damals war ich ja auch noch dabei und hätte dich nach Smela begleitet, wenn du es gewollt hättest. Aber du hast sehr entschieden abgelehnt."

„Ich weiß doch, dass du mich begleitet hättest. Könnte ich jetzt was zu trinken haben?"

Alex stand auf. „Natürlich, Wasser oder O-Saft?"

„Saft."

Er kam mit zwei Gläsern zurück.

Elena trank ihres auf einen Zug aus.

Um Elena abzulenken, fragte Alex: „Wollen wir ins Kino gehen?"

„Nein, dazu bin ich einfach nicht in der richtigen Stimmung. Weißt du noch, wie unglücklich du warst, als ihr damals nach Schwetzingen gezogen seid? Als du erfahren hast, dass Agneß und Ansbert nicht deine richtigen Eltern, sondern nur deine Zieheltern sind? Du hattest damals das Gefühl, nicht in diese Welt zu gehören. Das stimmte ja auch, ihr musstet durch den magischen Nebel fliehen. Ich kann mich noch gut daran erinnern, dass du zu mir gesagt hast, dass du alles dafür geben würdest zu erfahren, wer du wirklich bist."

Alex lachte hart auf. „Da konnte ich ja nicht wissen, was für ein grausamer und herzloser Mann mein leiblicher Vater war. Freiwillig wäre ich niemals nach Osej."

„Vielleicht musste das alles so kommen. Dass er dich holen ließ mit Gewalt. Sonst hättest du nie deine richtige Mutter kennengelernt und deine kleine Schwester."

„Aber ich hätte auch nie erlebt, zu was dieser Kerl fähig war, wie viel Leid er über sein Volk gebracht hat. Noch schlimmer, über seine eigene Familie. Er wollte aus mir einen ebenso grausamen Fürsten machen, wollte mich nach seinen Regeln formen."

„Was ihm zum Glück nicht gelungen ist."

„Wäre er nicht in diesem See seinem Schicksal begegnet, wer weiß, ob ich nicht eines Tages auch ein so bösartiger Mann geworden wäre. Du weißt selbst noch zu gut, dass auch ich meine Aggressionen schlecht unter Kontrolle halten konnte."

„Aber jetzt bist du anders, fühlst dich nicht mehr fremd, lebst gerne hier, obwohl du die Möglichkeit hättest, in Osej bei deiner leiblichen Mutter zu leben."

Alex schaute seine Freundin an und meinte plötzlich: „Sag mal, warum bist du jetzt auf dieses Thema gekommen? Kann es sein, dass du Vergleiche zwischen uns ziehst? Ich soll dich womöglich in deinem Vorhaben unterstützen, nach Osej zu reisen?"
Er sah, dass Elena zusammenzuckte. „J… ja. N… nein. Ich wollte damit nur sagen, dass auch ich mich nicht gut fühle, seit ich diese Schatulle gefunden habe. Wenn jede Nacht diese Träume kommen. Ich habe gedacht, dass du mich verstehst."
Alex zog sie in seine Arme.
„Schatz, natürlich verstehe ich dich. Aber was willst du in Osej bei der Familie, von der Jinni abstammt? Zweihundert Jahre ist es her, dass sie ihre Heimat verlassen musste. Die jetzige Familie kennt vielleicht nicht einmal ihren Namen. Meine Vorfahren, also meine leibliche Mutter sowie Schwester, leben noch. Das ist der Unterschied. Wenn du die Schatulle unbedingt behalten willst, dann verbanne sie in euren Keller. Vielleicht sind dann auch die Träume fort."
Elena löste sich aus seiner Umarmung.
„Wie einfach. Wenn nicht?"
„Tu es mir zuliebe."
Elena stand auf. „Ich fahre jetzt nach Hause."
„Sehen wir uns morgen?"
„Ich weiß es noch nicht. Wir können ja später noch telefonieren."
„Aber an deinem Geburtstag am Mittwoch treffen wir uns, bitte!"

„Klar. Ich habe meinen Eltern schon erklärt, dass ich in diesem Jahr nicht groß feiern will. Das hat ihnen nicht so gefallen. Bis heute Abend am Telefon."

Das zurückliegende Gespräch ging Alex nicht aus dem Kopf. Hatte Elena tatsächlich vor, zu dem Ort ihrer Wurzeln zu reisen? Er wusste, dass ihre Eltern das niemals erlauben würden. Aber Elena ließ sich davon sicher nicht abhalten.

***

Elena war sehr betrübt. Wenn sie ehrlich zu sich sein wollte, war sie sogar sauer. Den Besuch bei Alex hatte sie sich anders vorgestellt. Sie hatte auf seine Unterstützung gehofft, aber er wollte ihr diese Idee ausreden. Sollte sie wirklich die Schatulle in den Keller verbannen, damit sie nicht mehr träumte? Ihm zuliebe wollte sie es wenigstens versuchen. Doch wenn die Albträume sie weiterhin heimsuchten, musste sie handeln. Die größte Hürde waren allerdings ihre Eltern.

Noch am gleichen Abend, als es ruhig im Haus geworden war, brachte sie die Schatulle in den Keller. Einen geeigneten Platz, wo man sie nicht so leicht sehen konnte, fand Elena sofort. Doch genauso gut hätte sie die Schatulle auch verbrennen können, denn nach zwei traumlosen Nächten kamen die Albträume wieder.

Zuerst waren es nur einzelne kurze Szenen, dann wurden sie länger, und im letzten Traum verschwand Jinni gerade im magischen Nebel. Auf der anderen Seite kam sie wieder zum Vorschein. Ganz allein lag sie am Strand eines Gewässers, das Elena nicht kannte. Von ein paar barfüßigen Kindern in schmuddeligen Hängekleidern geweckt, stand Jinni auf. Die Jungen und Mädchen tanzten um sie herum, sangen, aber Elena verstand den Text nicht. Jinni versuchte, ihnen zu entkommen, doch es gelang ihr nicht, weil die Kinder den Kreis um sie herum immer enger machten. Mit ihren schmutzigen Händen griffen sie nach ihr. Elena konnte die Panik in Jinnis Augen sehen, bevor diese zu Boden ging. Die Kinder, die plötzlich die Größe von Erwachsenen annahmen, fielen johlend über sie her.
Hier endete der Traum abrupt. Elena saß aufrecht im Bett. Ihr Herzschlag raste.
Die Zimmertür ging auf. Ihre Mutter stürzte herein.
„Mein Gott, was ist denn passiert?“, rief sie und machte das Licht an. „Du hast geschrien. Ich dachte schon an das Schlimmste.“
Elena starrte ihre Mutter an. „Ich … ich habe schlecht geträumt“, stotterte sie.
„Das muss schon ein recht schlimmer Traum gewesen sein, wenn du so schreist.“ Die Mutter kam ans Bett und setzte sich auf die Kante. „Du bist ja ganz verschwitzt“, sagte sie, als sie Elena über die Stirn strich. „Was hast du denn so Fürchterliches geträumt?“

„Es hat mich jemand verfolgt", log sie. „Mach dir keine Sorgen, Mama. Gute Nacht."
Elena legte sich zurück auf das Kissen und wartete, bis die Mutter gegangen war. Schlafen wollte sie auf keinen Fall. Sie hatte Angst vor weiteren Träumen, doch die Müdigkeit war trotzdem stärker. Sie fiel in einen traumlosen Schlaf.

Am nächsten Morgen erschien sie pünktlich beim Kaffee.
„Mama hat mir erzählt, dass du heute Nacht im Traum geschrien hast", empfing sie ihr Vater. „Wir sehen uns das nicht länger mit an. Nach Pfingsten gehst du zu unserem Hausarzt, verstanden?"
„Halb so schlimm. Ich brauche keinen Arzt", wehrte Elena ab. Sollte sie ihren Eltern, die beide selbst Ärzte waren, endlich von dem Fund in Omas Keller erzählen? Auch, wovon sie seit Wochen träumte? Sie würden es wohl nicht verstehen. Also musste Elena selbst damit fertig werden. Aber genutzt hatte es jedenfalls nicht, dass sie die Schatulle in den Keller verbannt hatte.

***

Am Pfingstsonntag kam ein unverhoffter Gast in Gestalt von Oma Luise aus Karlsruhe. Natürlich freuten sich alle und wollten sofort den Grund ihres spontanen Besuchs wissen, aber erst nach dem Mittagessen rückte die alte Dame damit raus. Sie schaute zuerst Elena an.
„Hole bitte die Schatulle!"

„Welche Schatulle?“, fragte die Mutter.
„Du wirst es gleich erfahren“, antwortete Oma Luise.
Elena glaubte, nicht richtig gehört zu haben. Sie sollte tatsächlich die Schatulle holen, von der die Großmutter nichts hatte wissen wollen?
So eilte Elena rasch in den Keller und kam mit dem Kästchen zurück.
„Um nicht lange um den heißen Brei zu reden, komme ich gleich zum Punkt. Es geht um unsere Herkunft, die ja in einer anderen Welt liegt.“
„Fängst du jetzt genauso an wie Elena, Mutter?“, rief Anne aufgebracht. „Auch wenn es so ist, will ich nicht darüber reden. Ich will nichts davon wissen.“
Doch Oma Luise sprach einfach weiter und erzählte Elenas Eltern von dem Fund in ihrem Keller und wie diese Schatulle vor vielen Jahren dorthin gekommen ist.
Elena fragte sich, warum ihre Großmutter auf einmal darüber sprechen wollte. Das hatte sie doch kategorisch abgelehnt. Elena sollte es auch gleich erfahren.
Die Großmutter hatte nämlich in der alten Truhe im Keller noch etwas gefunden: ein Tagebuch, das Elena wohl übersehen hatte. Von Jinni von Kaldam.

Begonnen hatte diese darin zu schreiben im Jahre 1812, als sie fünfzehn Jahre alt gewesen war. Jinni musste das Buch mitgenommen haben, als sie durch den magischen Nebel auf die Erde geflohen war.

„Nachdem du, Elena, mir von deinem Alex und den Abenteuern in Osej erzählt hast, musste ich ja glauben, dass unsere Vorfahren aus dieser Anderswelt kommen, doch nachdem ich das Tagebuch gelesen hatte, war ich restlos überzeugt davon. Jetzt möchte ich auch wissen, was außer dem Medaillon noch in der Schatulle ist."

Elena reichte sie der Großmutter.

Diese wiederum gab das Tagebuch ihrer Tochter Anne. „Du solltest es auch lesen."

„Du gibst ja eher keine Ruhe, Mutter. Wenn es dir recht ist, möchte ich es später lesen. Hoffentlich wird niemals jemand erfahren, dass wir nicht von hier sind."

„Anne, wir sind von hier. Seit über zweihundert Jahren. Da fragt dich niemand mehr nach deiner Herkunft."

„Omi hat recht. Ich muss euch auch etwas sagen. Seit Wochen habe ich schlimme Träume, sie handeln immer von Jinni."

Zwei Augenpaare starrten sie an.

„Davon hast du nie was erzählt", meinte ihre Mutter. „Dann war dein Aufschrei letzte Nacht auch von deinem Albtraum?"

„Ja. Jinni ruft mich, deshalb muss ich zu dieser Familie, die ja auch zu unseren Vorfahren gehört. Alex sagt es auch, dass ihre Seele sonst sicher keine Ruhe findet."

„Ach, der hat dir diesen Floh ins Ohr gesetzt!"

„Nein, Alex will nicht, dass ich nach Osej reise."

„Das wirst du auch nicht tun", meinte ihre Mutter.

Oma meldete sich zu Wort. „Warum eigentlich nicht? Es mag vielleicht doch etwas dran sein an den Albträumen, die sich immer um Jinni drehen. Dazu kommt noch, dass sie damals siebzehn war während ihrer Flucht. Elena ist vor kurzem siebzehn geworden."
„Das kommt gar nicht in die Tüte, Mutter. Du musst Elena nicht auch noch bestärken zu solch einer Wahnsinnsreise. Dieses Osej liegt ja nicht gerade um die Ecke."
„Mami, ich muss hin! Wenn ihr es nicht erlaubt, dann muss ich es wieder gegen euren Willen tun."
„Jetzt redest du wie ein trotziges Kind, nicht wie eine junge Dame", entgegnete ihre Mutter. „So sag du doch auch mal was", wandte sie sich an ihren Mann.
„Ich bin ganz auf deiner Seite, was diese unsinnige Reise angeht, Liebes", erwiderte Herr Lanner. Dann schaute er Elena an. „Haben dir deine beiden gefährlichen Abenteuer in diesem Osej noch nicht gereicht?"
„Was soll denn passieren?", fragte die Oma, bevor ihr Schwiegersohn noch mehr Argumente vorbringen konnte. „Elena hat mir doch erzählt, dass diese Fürstenfamilie ein friedliches Leben führen soll."
„Ja, Serafina, die weise Hexe, hat gesagt, dass es dort in Smela friedlich zugeht. Die muss es ja wissen. Außerdem wird sie mir helfen, wenn ich Hilfe brauche. Sie hat Alex und mir eine Wurzel gegeben, mit der wir jederzeit zwischen den Welten reisen können. Wenn es brenzlig werden sollte, kann ich sofort verschwinden und muss nicht mehr auf den Vollmond warten." Elenas Stimme hatte ziemlich aufgeregt

geklungen. Sie schaute ihre Eltern an. „Bitte, lasst mich gehen."
„Ihr solltet nachgeben", meinte Luise, „oder sollen diese Albträume sie noch ernsthaft krank machen?"
„Vor der Reise zu dir hatte sie keine Albträume. Wir sollten diese Schatulle und auch dieses Tagebuch verbrennen, dann wird Elena auch wieder ruhig schlafen."
„Falls nicht, Mami? Schau dir doch den Inhalt der Schatulle an, lies den Brief und das, was in dem Büchlein steht. Lies auch das Tagebuch. Bitte."
„Elena hat recht", mischte sich Oma ein. „Aber tu das in unserem Beisein, das mache ich zur Bedingung."

***

„Deine Eltern sind einverstanden?" Alex schaute seine Freundin verständnislos an, als sie ihn Dienstag nach Pfingsten besuchte. Seine grauen Augen wurden um einen Schein dunkler. Nie hätte er das für möglich gehalten. „Wie hast du das nur geschafft?"
Elena erzählte ihm von Omas unverhofften Besuch, dem Tagebuch und der Unterhaltung.
„Meine Eltern haben später, als Omi abgereist war, heftig diskutiert. Von meinem Zimmer aus habe ich manchmal die laute Stimme von Papa gehört. Schließlich haben sie es erlaubt. Ich war echt von den Socken, kannst du mir glauben. Ich musste allerdings hoch und heilig versprechen, sofort zurückzukommen, wenn es für mich brenzlig wird."

„Wann?"
„Noch diese Woche. Es sind ja Pfingstferien, da fällt es nicht so auf, dass ich weg bin. Ich hoffe natürlich, dass ich zum Beginn der Schule auch wieder da sein kann. Alex, ich möchte so gerne, dass du mich verstehst. Am liebsten wäre mir ja, dass du mitkämest."
„Du weißt doch, dass ich noch im Abi-Stress stecke. Nach den Ferien gibt es noch etliche Prüfungen, auf die ich mich jetzt, wo ich Zeit habe, vorbereiten muss. Ich habe keine Lust, das Jahr noch einmal zu machen. Außerdem fange ich nächste Woche noch mit meinen Fahrstunden an, die will ich nicht verschieben. Dann muss ich noch einige Bewerbungen schreiben, damit ich am 1. September mit meiner Ausbildung anfangen kann. Da hänge ich sowieso schon hinterher. Das musst du auch verstehen."
„Das tue ich ja, und du weißt das."
„Kann ich dich wirklich nicht von diesem Vorhaben abbringen? Ich mache mir nämlich große Sorgen, falls du das verstehst." Seine Stimme klang nun etwas schroffer. „Aber vielleicht ist dir das ja egal."
„Wie kannst du so etwas sagen? Nur, weil ich mal etwas tun möchte, was dir nicht in den Kram passt, bist du gleich eingeschnappt."
„Ich bin nicht eingeschnappt, ich möchte halt nicht, dass du gehst. Wer weiß, was für Gefahren auf dich warten? Osej ist ja nicht gerade hier in der Nähe."
„Mit der Batara-Pflanze schon. Aber du musst es ja nicht gutheißen. Glück könntest du mir ruhig wünschen."

„Wenn du schon dort hinwillst, warum nicht in den Sommerferien, bevor ich mit der Lehre anfange? Vorausgesetzt, ich bekomme eine Lehrstelle. Dann können wir zusammen reisen."

„Und deine Fahrstunden? Eventuelle Vorstellungsgespräche? Ich kann nicht warten, die Albträume sind auch geblieben, nachdem ich die Schatulle in den Keller gebracht habe. In den Sommerferien haben wir doch genug Zeit für uns. Alex, mein ganzes Innere zieht mich dorthin, ich kann das nicht mehr steuern."

„Na, dann gute Reise!" Kaum hatte er das gesagt, tat es ihm auch schon leid. Doch zu spät, denn Elena war gegangen. Laut schlug die Wohnungstür ins Schloss. Und er? Er war ihr nicht gefolgt. Alex verstand sich in diesem Moment selbst nicht mehr.

Die Reise

Es ging so einfach: Sie nutzte die Batara-Pflanze und äußerte der Wunsch, sie zu Serafinas Haus im Großen Wald zu bringen.

Ein leichter Schwindel ergriff von Elena Besitz, bevor es schwarz vor ihren Augen wurde. Als sie wieder zur Besinnung kam, war sie am Ziel. Diesmal ohne begleitende Kopfschmerzen, wie damals, als sie im letzten Jahr mit Alex durch den Nebel gereist war. Sie schaute sich um. Alles hier schien noch so vertraut zu sein. Da ging die Tür des Hauses auf. Eine ältere Frau mit roten Wangen stand da und starrte sie an.

„Elena!", rief sie aus. „Nein, das ist doch ein Traum oder nicht?"

„Kein Traum, Serafina", rief Elena. Sie eilte auf leicht wackligen Beinen auf die weise Hexe zu. „Ich bin es wirklich."

„Sei mir herzlich willkommen und tritt ein in die gute Stube. Du wirst sicher gleich meine Neugierde stillen. Du bist doch nicht etwa allein gekommen?"

„Doch."

„Dann musst du mir wohl einiges erzählen."

Nachdem Serafina Elena auf einen abgenutzten Sessel gedrückt hatte, begann das Mädchen zu berichten. Es begann mit dem Fund der Schatulle, endete am Zeitpunkt der Reise. Danach trat eine kleine Pause ein, bevor die weise Hexe sprach: „Ich wundere mich wirklich, dass deine Eltern dich haben ziehen lassen."

„Oma hat etwas nachgeholfen. Ich glaube auch, dass sie Angst haben, ich könnte ernsthaft krank werden wegen diesen Alpträumen und sie könnten mir nicht helfen, auch wenn beide Ärzte sind."
„Ach so. Dann willst du also wirklich zum Ort deiner Wurzeln?"
„Ja, ich muss es tun, etwas in mir zieht mich dort hin. Nachdem ich die Erlaubnis meiner Eltern hatte, ging es mir schon etwas besser. Nur schade, dass Alex das nicht versteht und wir jetzt unseren ersten Streit haben." Elena konnte nicht verhindern, dass ihr die Tränen kamen. Hastig wischte sie sie fort.
„Ach, Mädchen, Streit gehört doch auch zur Liebe. Dafür wird die Versöhnung später umso schöner. Das weiß sogar eine alte Hexe wie ich."
„Warst du denn mal verliebt?"
„Nein, ich bin aber viel im Land umhergereist und habe dabei viele Paare getroffen, die glücklich miteinander waren. Heute vielleicht noch sind. Das hat mir genügt. Doch nun müssen wir uns überlegen, wie wir dich bei den Fürsten von Kaldam einschleusen. Du kannst ja nicht hingehen und sagen, wer du bist. Aber heute sei mein Gast."

Es war schon später Abend, als Serafina Elena noch einen von ihr selbst gebrauten Tee brachte und ihr eine angenehme Nachtruhe wünschte.

Als die Dunkelheit den kleinen Raum, in dem Elena lag, ausgefüllt hatte, dachte sie an Alex. Sie sah sein Gesicht vor sich und wünschte, er wäre bei ihr. Auch an die Eltern musste sie denken. Plötzlich überkam sie ein Schwindelgefühl. In ihrem Kopf drehte sich alles wie auf einem Karussell. Gut, dass sie im Bett lag. Sie überlegte, ob sie Serafina rufen sollte, tat es dann aber nicht, weil der Schwindel so schnell, wie er gekommen war, verschwand und einer bleiernen Müdigkeit Platz machte.

Sie schloss die Augen, um in den Schlaf hinüberzugleiten. Doch was war das? Hinter ihren geschlossenen Augen wurde es plötzlich wieder hell. Elena sah wie durch einen Schleier, der sich allmählich löste und den Blick auf eine grüne Landschaft freigab. Eine Wiese voller bunter Blumen war zu sehen. Sie vernahm ganz deutlich das Summen von Insekten. Eine Stimme drang an ihr Ohr.

Zuerst verstand sie die Worte nicht, doch dann wurden sie deutlicher: „Jinni! Komm doch mit, es wird bestimmt sehr lustig."

„Ach was", erwiderte die Angesprochene „Ich habe keine Lust auf Wettkämpfe, Gisbert. Lass uns lieber schwimmen gehen oder ausreiten."

Dann stand der junge Mann vor ihr. Groß, gut gebaut, mit seinen gelockten Haaren, die ihm fast auf die Schulter fielen. Seine stahlblauen Augen schauten sie lächelnd an.

„Ach, sei kein Spielverderber. Deine Brüder würden sich freuen, wenn du ihnen zuschaust."

„Ihre tanzenden Flammen mag ich nicht. Ich mag überhaupt kein Feuer, außer wenn es in unserem Kamin für Wärme sorgt. Außerdem will ich nicht diesem Falgor von Walgsam begegnen. Er ist frech und starrt mich immer so seltsam an."
Gisbert lachte. „Das soll der einmal tun, wenn ich dabei bin, dann werde ich ihn herausfordern."
„Das haben meine drei Brüder schon getan, besonders Tabor."
„Gut, dann lassen wir es und reiten aus. Ach, wenn wir doch nur schon Eheleute wären."
„Du kannst es wohl nicht erwarten, bis wir immer zusammen sein können. Aber die Heirat soll erst stattfinden, wenn mein achtzehnter Geburtstag ist, also in zwei Monaten." Sie lachte, hakte sich bei Gisbert ein, und gemeinsam gingen sie auf eine große Burg aus rotbraunen Ziegelsteinen zu. Zwei Türme waren zu sehen, auf denen jeweils eine weiße Fahne wehte, auf der eine goldene dreizackige Krone zu sehen war. Der mittlere etwas längere Zacken hatte eine rote Spitze.

Elena wälzte sich hin und her auf ihrem Lager. Der Schlaf hielt sie noch immer fest in seinen Händen. Es erschien wieder ein Schleier, der sich abermals löste.
Im Traum war Elena noch immer Jinni, die gemeinsam mit Gisbert vom Ausritt zurückkam. In der Burg war helle Aufregung. Irgendetwas war geschehen. Die ganze Familie war da. Sogar Jinnis Großeltern und zwei Onkel.

„Ich verstehe doch auch nicht, wie es passieren konnte“, hörte Jinni ihren älteren Bruder Tabor rufen. „Wir haben doch schon öfter diesen Wettstreit durchgeführt. Es ist nie etwas geschehen.“
„So ein Unglück“, rief in diesem Moment die Fürstin und lief zu Jinni.
„Was ist denn los?“, fragte diese. „So sagt doch etwas!“
„Bei unserem Wettstreit mit den tanzenden Flammen hat es ein Unglück gegeben. Das Feuer ist außer Kontrolle geraten und griff auf die Stallungen über, in denen gerade die Söhne vom Fürsten Walgsam ihre Pferde sattelten“, berichtete ihr Lothar, der zweitälteste Bruder. „Sie sind ..., sie konnten nicht gerettet werden.“
„Willst du damit sagen, dass sie tot sind?“, rief Jinni.
„Mausetot“, erwiderte Gregor, der jüngste, was ihm einen bösen Blick seines Vaters einbrachte, wie Jinni beobachtete.
Sie brachte Gisbert zu seinem Pferd. „Jetzt weißt du, warum ich nicht gerne bei so etwas dabei sein möchte. Es ist schrecklich, dass die Jungs tot sind. Armer Onkel Xantor. Kommst du bald wieder?“
„Natürlich, Liebes.“ Gisbert nahm ihre Hand und drückte einen Kuss darauf, bevor er auf sein Pferd stieg. „Bis bald, mein Herz, und bleib mir treu!“
Jinni sah ihm nach, bis er in der Ferne immer kleiner wurde.

Ein weiterer Nebelschleier unterbrach Elenas Traum, dann wurde es wieder hell. Die Szene wechselte abermals. Ein großer Raum war zu sehen, ein Schreibtisch aus dunklem Holz, dahinter saß ein Mann und schaute Jinni direkt in die Augen. „Mein Kind“, sagte er sanft, „du musst jetzt sehr tapfer sein. Onkel Xantor war hier und hat deinen Brüdern die Schuld am Tod seiner zwei Söhne gegeben. Er hat uns ewige Feindschaft geschworen und verkündet, dass es zwischen unseren Völkern Smela und Sidoc ab sofort keine Verbindung mehr gibt.“

„Vater, was bedeutet das?“, fragte Jinni aufgeregt.

„Dass kein Smelaner mehr nach Sidoc reisen darf und umgekehrt. Xantor will überall entlang der Grenze Wachen aufstellen und jeden hart bestrafen, der dennoch die Grenze überschreitet.“

„Nein“, schrie Jinni. „Das kann er doch nicht wollen. Wie sollen Gisbert und ich uns vermählen, wenn er nicht mehr nach Smela darf?“ Jinni begann zu schluchzen. „Das kann Onkel Xantor doch nicht wollen.“

„Doch, mein Kind, du musst tapfer sein. Er als Oberhaupt eines Volkes kann eine solche Fehde ausrufen.“

„Aber du bist Oberhaupt unseres Volkes, kannst du diese Fehde nicht aufheben?“

„Nein, das kann nur der, der sie erklärt.“

Der Raum verblasste in Elenas Vision, aber nur kurz, dann war sie wieder Jinni, die in ihrem Zimmer eingeschlossen war, weil sie ein Kind in sich trug. Sie weinte und starrte mit leerem Blick auf das Tablett mit dem Essen. Nun öffnete

sich die Tür. Ihre Mutter kam mit einem Mann herein. Es war der fürstliche Heiler. Sie begriff nicht, was der wollte.
„Er wird dich von dem Kind befreien“, sagte die Mutter. „Es ist eine Schande, ein Kind zu bekommen, wenn man nicht verheiratet ist. Niemand im Land darf das wissen.“
„Aber ihr wisst doch, dass Gisbert und ich uns nicht mehr sehen dürfen wegen dieser Fehde.“
„Du bist selbst schuld. Vor einer Verehelichung verbindet man sich nicht mit dem Bräutigam. Du wirst tun, was wir für richtig halten. Erst dann, wenn der Makel beseitigt ist, kannst du dich wieder frei bewegen. Du wirst in der nächsten Zeit Medizin bekommen. Ich werde persönlich anwesend sein, damit du sie zu dir nimmst.“
Jinni weinte. Sie dachte an den einzigen Mittag, an dem sie mit Gisbert allein in ihrem Zimmer gewesen war. Die Eltern und die Brüder hatten eine Jagdgesellschaft besucht.
Jinni sah ihrer Mutter nach, doch sie hörte nicht, dass sich der Schlüssel im Schloss drehte. Die Mutter hatte wohl vergessen, abzuschließen.
Es wurde Abend. Sie wartete, bis es in der Burg still war. Dann ging sie zur Tür und drückte die Klinke hinunter. Freudig stellte sie fest, dass die Mutter tatsächlich vergessen hatte, abzuschließen. Jinni packte rasch ein paar Kleidungsstücke zusammen, außerdem die Schatulle, in der ihr Tagebuch, ihr Medaillon und das Tuch lagen, das Gisbert ihr zum letzten Geburtstag geschenkt hatte.

Unbemerkt konnte sie aus der Burg fliehen. Sie wollte ihr Kind behalten, die einzige lebende Erinnerung an ihren geliebten Gisbert.
Im Stall war alles ruhig, als sie ihr Pferd holte und ohne Sattel das Weite suchte. Der Mond hatte fast seine volle Größe erreicht, erhellte ihr den Weg über den Trey. Im großen Wald überkam sie dann doch etwas Angst, weil durch die hohen Bäume das Mondlicht etwas kärglich zur Erde schien. Dennoch fand sie das Haus der weisen Hexe, von der sie Hilfe erhoffte.

Bevor sich aber eine Tür öffnete, fuhr Elena im Bett hoch. Ihr Herzschlag raste. Sie brauchte eine Weile, bis sie registrierte, wo sie war und dass sie eben von Jinni geträumt hatte. Nein, falsch, sie selbst war Jinni gewesen.
War vielleicht Serafinas Tee, der so einen eigenartigen Beigeschmack gehabt hatte, an diesem Traum schuld?
Elena schloss erneut ihre Augen. Vielleicht träumte sie weiter von Jinni, wie es ihr in der anderen Welt ergangen war, aber es kam kein weiterer Traum.

Am nächsten Morgen saß Elena zunächst schweigend Serafina gegenüber.
Irgendwann sprach die weise Hexe: „Wie war deine Nacht, Liebes?“
„Ich glaube, du weißt es.“
„Also hast du geträumt?“

„Ja, ich war Jinni im Traum. Du hast mir ja erzählt, dass sie damals deine Vorfahre Urbana aufgesucht hat. Aber was sie nach ihrer Reise durch den Nebel erlebt hat, konnte ich nicht träumen."
„Ganz recht. Du kannst dich hier in Osej nicht in eine andere Welt träumen, auch wenn du dort zu Hause bist. Erzähle mir von diesem Traum."
Elena erzählte.

Später wollte Serafina wissen: „Hast du noch immer den Wunsch, die Familie deiner Herkunft kennenzulernen?"
„Ja, ich würde auch gerne etwas über Jinnis Bräutigam erfahren."
„Warum ausgerechnet über ihn?"
„Weil ich das Gefühl habe, ihn zu kennen. Das heißt, es gibt Züge in seinem Gesicht, die mir irgendwie bekannt vorkommen."
„Nimmst du dir da nicht zu viel vor? Das ist doch für ein junges Mädchen wie dich eine zu große Aufgabe. Du weißt ja nicht einmal, an wen dich diese Gesichtszüge erinnern. Belasse es doch bei deinen Wurzeln."
„Ich weiß nur noch nicht, wie ich es anfangen soll. Kann ja schlecht zu denen gehen und sagen: ‚Hallo, ich bin Elena, eine Nachfahre von Jinni, die vor zweihundert Jahren verschwunden ist.' Die würden mich mit Sicherheit für verrückt erklären und einsperren."
Serafina musste lächeln. „Nein, das kannst du mit Sicherheit nicht. Wir wissen ja nicht einmal, ob oder wie gut die

heutige Familie über ihre Vorfahren Bescheid weiß. Aber lass mich überlegen, wie wir vorgehen."
„Mir fällt da gerade etwas ein", rief Elena. „Die Chroniken. Du hast mir doch bei meinem ersten Besuch hier ein Bild von Jinni gezeigt, außerdem eines von ihrer Mutter und der Großmutter, als die alle so alt waren wie ich. Vielleicht können wir noch einmal reinschauen?"
„Mädchen, das ist eine wunderbare Idee. Dass ich darauf nicht selbst gekommen bin. Warte hier!"
Es dauerte eine Weile, bis Serafina mit einem Buch zurückkam. Sie blätterte darin und zeigte schließlich auf eine der Seiten.
„Hier, schau, das sind Arval von Kaldam und seine Gemahlin Kaya. Es steht auch ein Text dabei. Soll ich den vorlesen?"
Elena schüttelte den Kopf.
„Und hier", Serafina deutete auf weitere Bilder. „Das ist Jinni, die kennst du inzwischen. Die drei jungen Männer hier sind Tabor, Lothar und Gregor."
Auch darunter war Text, den Elena nicht hören wollte.
Sie schauten sich die nächsten Seiten an. Dort erfuhr Elena, dass Tabor zwei Jahre nach Jinnis Verschwinden nach einem Unfall mit seinem Pferd gestorben war. Somit war Lothar der nächste Fürst geworden. Der hatte zwei Söhne, drei Enkelkinder, starb aber kurz nach der Geburt des ersten Urenkels. Gregor, der jüngste, hatte einen Sohn und mehrere Enkel, die bis auf einen an einer seltenen Erkrankung gestorben waren, die damals nur Kinder bekommen

hatten. Als im Jahre 1900 eine Seuche in Smela ausgebrochen war, sind viele Menschen gestorben, auch vor den Bewohnern der Fürstenfamilie hatte der Tod nicht Halt gemacht. So existierten heute nur noch die Nachkommen von Jinnis Bruder Lothar, dem mittleren.

Serafina machte eine Pause und blätterte weiter in der Chronik.
„Ich überspringe mal die nächsten Jahrzehnte. Als ich zum letzten Mal in Smela war und einen Besuch auf der Burg machte, war Fürst Irvin noch das Oberhaupt der Familie. Das sind, lass mal überlegen ..., ja, so ungefähr fünf Jahre her."

Serafina schlug das Buch zu. Mit einem Lächeln im Gesicht meinte sie: „Ich habe auch schon eine Idee."
„Was für eine?", fragte Elena.
„Da es an der Zeit ist, mal wieder eine Reise durch Smela zu machen, werde ich dich als meinen Schützling mitnehmen. Du kommst aus Miljaan, das ist in Sidoc und liegt nördlich der Oberstadt Turadero. Wir können ja nicht gleich deinen wahren Heimatort angeben, die würden dich für verrückt halten. Du bist die Enkelin einer alten Freundin, die auf Reisen ist. Aber bevor wir nach Smela fahren, besorge ich dir ein paar passende Kleider."
„Ich habe mir doch welche mitgenommen."
„So viele können es nicht sein, wenn ich mir diese seltsame Tasche anschaue, die man auf dem Rücken trägt."

„Stimmt. Ist nicht allzu viel, ich habe ja noch die Schatulle und das Tagebuch von Jinni mitgebracht. Das Teil ist ein Rucksack."
„Also werde ich morgen nach Miara fahren, um dir noch ein paar Sachen zu besorgen. Ebenfalls eine passende Tasche für die Kleider. Denn das Ding da", Serafina zeigte auf den Rucksack, „kennt hier niemand, so etwas gibt es in ganz Osej nicht."

Gleich in der Frühe des nächsten Tages machte sich Serafina auf den Weg. Am späten Nachmittag erschien sie wieder und legte Elena einige Kleidungsstücke nebst Unterwäsche hin. Alles passte wie angegossen.
„Wie soll ich dir das alles denn bezahlen?", fragte Elena.
„Das geht schon klar, ich bezahle meistens mit meinen Kräutertees, mit Salben und anderen Heilmitteln. Das klappt in der Regel fast immer. Ich denke, wir brechen morgen auf. Ich werde dir heute Abend noch ein bisschen von Miljaan erzählen für den Fall, dass jemand den Ort kennt und dich ausfragt. Ich habe dort nämlich wirklich eine alte Freundin, die ich leider viel zu selten besuche."

Am nächsten Morgen packte Elena die Tasche mit ihren Habseligkeiten und natürlich der Schatulle. Auch ihre Batara-Pflanze durfte sie nicht vergessen. Sie hatte keine Ahnung, wie Serafina es bewerkstelligen würde, sie bei der Fürstenfamilie einzuschleusen, aber sie vertraute ihr.

Auf Serafinas klapprigem Wagen, vor den sie ihr einziges Pferd eingespannt hatte, fuhren sie los, ließen den großen Wald hinter sich und überquerten auf einer Brücke den Fluss Trey. Dabei erinnerte sich Elena an ihre erste Reise in dieses Land, als sie damals vor zwei Jahren durch den magischen Nebel am Strand von Smela gelandet und, ganz auf sich allein gestellt, nur mit einem Zettel voller Notizen von Alex' Ziehmutter bis zu Serafina gelangt war.

Nachdem sie Smela erreicht hatten, ging die Fahrt etwas weniger holprig weiter. Elena schaute sich jetzt genauer um.
„Hier bin ich aber nicht entlang gelaufen, als ich damals zur Brücke ging", erinnerte sie sich.
Links der Straße waren Getreidefelder zu sehen. Auf der rechten Seite eine große Rasenfläche, auf der üppig weiße, gelbe und blaue Blumen ihre Köpfe der Sonne entgegen reckten.
„Es gibt einen Fußweg von Miara hinunter bis zum Fluss, den wirst du damals gegangen sein. Keine Bange, ich weiß schon, wie ich fahren muss. Auf der Straße ist es ein bisschen weiter. Außerdem bin ich gestern ja auch diesen Weg gefahren, als ich dir die Kleider besorgt habe."
Als die ersten Häuser auftauchten, wurde Elena von Minute zu Minute nervöser. Sollte sie wirklich ihr Vorhaben durchführen? Noch konnte sie zurück. Die Batara-Pflanze würde sie umgehend in ihre Welt zurückbringen.

„Du zweifelst plötzlich?“, hörte sie Serafina neben sich sagen.
„Ich habe wohl doch meinen Mut überschätzt. Was, wenn die mich dort für verrückt halten, wenn sie erfahren, wer ich bin und woher ich komme?“
„Wenn du jetzt aufgibst, wirst du das nie erfahren. Denke an diese Albträume, von denen du mir erzählt hast. Du wirst schon das Richtige tun.“
Elena tat ein paar tiefe Atemzüge.
„Nein, ich gebe nicht auf. Sollte es für mich aber gefährlich werden, bin ich weg. Das musste ich meinen Eltern versprechen.“
Sie senkte den Kopf, weil sie plötzlich an Alex‘ eher frostiges Verhalten bei ihrem letzten Besuch denken musste. Wie gerne hätte sie ihn jetzt an ihrer Seite gehabt. Aber eine innere Stimme sagte ihr, dass sie diesen Weg allein gehen musste.
Kinderstimmen brachten sie wieder in die Gegenwart. Sie fuhren gerade an einer Schule vorbei. Elena hatte gar nicht bemerkt, dass sie schon in der Stadt angekommen waren. Andere Fahrzeuge, die denen in Sidoc ähnelten, kamen ihnen entgegen. Sie fuhren durch Straßen, vorbei an kleinen und großen Häusern, die in hübschen Gärten standen. Dann erreichten sie den Marktplatz. Elena erinnerte sich sofort an die Stelle, an der sie damals mit dem Bus angekommen war. „Ist es noch sehr weit?“, fragte sie.
„Nein. Die Burg liegt etwas außerhalb von Miara, am westlichen Stadtrand.“

Sie fuhren noch durch zwei Straßen, dann bogen sie an einer kleinen Kapelle links ab. Dort ließen sie auch die letzten Häuser hinter sich. Felder lagen zu beiden Seiten der Straße. Nach einer Weile zeigte Serafina nach links.
„Schau, dort drüben kannst du gleich die Pferdekoppel sehen. Die Felder hier gehören schon zu den Fürsten von Kaldam. Sie haben einen sehr großen Besitz."
Da sah Elena auch die große Koppel, auf der einige Pferde zu sehen waren. „Und wo ist die Burg?"
„Die kannst du gleich sehen, wenn wir an den Tannenbäumen vorbei sind."
Elena war nicht überrascht, als sie das Haus mit den zwei Ecktürmen erblickte. Es sah aus wie in ihrem Traum.
„Hier sieht du nur die Rückansicht", erklärte ihr Serafina und fuhr einen Bogen um das Gebäude herum, wo sie auf einem großen breiten Kiesweg anhielt.
„Diese Burg sieht so freundlich aus", sagte Elena. „Nicht so kalt und düster wie das Gemäuer von Alex' leiblichem Vater."
„Na ja, jetzt, wo dieser nicht mehr lebt und Herr Ruwen mit seiner Familie dort herrscht, ist es auch nicht mehr so düster, sondern sehr herzlich."

Die Burg, die außer dem Erdgeschoss noch über drei weitere Stockwerke verfügte, bestand aus einem Mittelteil, rechts und links die Ecktürme, sowie zwei gleichlangen Seitenschenkeln. An den Enden der Seitenschenkel befanden sich ebenfalls Ecktürme. In der Mitte des Haupthauses war

das Portal, das man über eine breite Steintreppe erreichen konnte.
Ein Teil des Vorplatzes bestand aus einer Art Parkanlage mit bunten Blumenrabatten, Hecken, Bänken und sogar einem Springbrunnen mit Wasserspiel. Zu beiden Seiten der Anlage führte ein Kiesweg zur Steintreppe.
„Was machen wir jetzt?“, wollte Elena wissen, nachdem sie vom Wagen gestiegen waren. Weit und breit war niemand zu sehen.
„Lass mich nur machen. Komm mit.“
Elena folgte Serafina, bis sie oberhalb der Treppe vor dem Portal standen, wo sie den Klopfer bediente. Es dauerte eine Weile, bis sich das Portal aus Eichenholz auftat und ein Mann in der Tür stand. Er war recht groß, trug schwarze Schuhe, eine hellgraue Hose und eine dunkelblaue Jacke. Seine Haare waren kurz und nach hinten frisiert. Dadurch wirkte sein Gesicht etwas streng. Elena fühlte sich genau beobachtet, als er von ihr zu Serafina blickte.
„Sie wünschen?“, fragte er schließlich freundlich.
„Wir würden gerne den Hausherrn sprechen“, antwortete die weise Hexe.
„Ich bin der Hausdiener. Wen darf ich dem Fürsten melden?“
„Sagen Sie einfach, Serafina aus dem großen Wald“, erwiderte sie.
„Wenn Sie mir bitte folgen wollen.“ Der Mann ging ihnen voraus und führte sie in einen großen Raum.
„Wenn Sie hierbitte warten würden.“

„Vielen Dank", erwiderte Serafina.

Elena schaute sich staunend in dem nur von künstlichem Licht erhellten Raum um, der zum Flur hin offen war. Obwohl er fensterlos war, wirkte er sehr hell und einladend. Auf dem dicken beigen Teppich standen mehrere Sitzgruppen. Elenas Blick fiel auf ein Bücherregal, das eine ganze Wand einnahm. Die übrigen weiß gestrichenen Wände waren mit Bildern versehen.

„Der Fürst lässt bitten."

Elena erschrak. Plötzlich stand der Hausdiener hinter ihnen. Sie hatte ihn nicht kommen hören. So folgten sie ihm über einen langen Flur, bis er vor einer Tür stehen blieb und sie öffnete.

„Ihr Besuch, Fürst Herold!"

Serafina, die sich über den eher lockeren Umgangston zwischen Herr und Diener wunderte, betrat zuerst den Raum, dessen Mittelpunkt ein großer Schreibtisch bildete. Regale und Schränke zierten eine der Wände, und vor einer weiteren stand eine cremefarbene Sitzgruppe. Vor den Fenstern hingen bodenlange Gardinen.

„Sei mir willkommen, weise Hexe", begrüßte der Fürst Serafina freundlich, als wären sie die besten Freunde. „Du warst lange nicht mehr hier. Mal wieder auf Reisen? Aber bitte, setzt euch doch. Wie ich sehe, bist du diesmal nicht allein."

Elena, die ganz weiche Knie bekommen hatte, war froh, als sie sich in die weichen Polster des Sessels sinken lassen konnte. Alles in diesem Raum wirkte warm und freundlich.

Sie kannte ihn bereits aus ihrem Traum, auch wenn er im Laufe der Zeit Veränderungen erlebt haben musste.
„Meine Reise führt mich tatsächlich durch Smela. Diese junge Dame ist Elena. Sie ist die Enkelin einer lieben Freundin aus Miljaan in Sidoc, die gerade selbst auf Reisen ist. Ich hatte mir gedacht, das Mädchen in Eure Obhut zu geben, bis ich von meiner Reise zurück bin."
„Nun, es ehrt mich, dass du da an meine Familie gedacht hast. Ich müsste das allerdings mit meiner Frau kurz besprechen."
„Darf ich Euch eine Frage stellen?"
„Nur zu."
„Ich bin etwas erstaunt, denn bei meinem letzten Besuch traf ich noch Euren Vater Irvin an. Ich hoffe, ihm und seiner Gemahlin geht es gut."
„Mein Vater ist vor zwei Jahren von uns gegangen. Viel zu früh, aber meine Mutter lebt noch. Sie bewohnt hier in der Burg ihre eigenen Räume mit ihrer Dienerin und einer Pflegerin. Leider ist sie von starken Schmerzen in der Hüfte und den Knien betroffen, weshalb sie ihre Räumlichkeiten kaum verlässt. Da auch mein Bruder Tabor vor etwas mehr als einem Jahr an einem Fieber starb, bin ich nun das Familienoberhaupt."
„Mein allergrößtes Bedauern", erwiderte Serafina.
„Danke." Er erhob sich und ging zur Tür.
„Wenn ihr hier bitte warten würdet? Gero, mein Diener, bringt euch eine Erfrischung."

Wenig später stand eine Karaffe mit köstlicher Pajofa auf dem runden Tisch. Elena erinnerte sich noch gut daran, dass dies Limonade war. Serafina goss ihre Gläser voll, und Elena trank ihres in einem Zug aus, so durstig war sie.
„Es ist schon komisch", meinte Elena, „dass hier so viele Dinge gleich sind wie bei uns zu Hause. Die Möbel zum Beispiel, Kaffee, Tee oder Äpfel. Auch die Leute sehen nicht anders aus, nur manche Namen scheint es nur hier zu geben."
„Mag stimmen, ich kann da nichts sagen, weil ich noch nie auf deiner Erde war."
Nach einer Zeit, die Elena endlos erschien, kehrte der Fürst zurück. „Es geht in Ordnung. Die Fürstin gibt eine Anweisung an eines der Dienstmädchen, ein Gästezimmer herzurichten. Platz haben wir hier ja zur Genüge."
„Das freut mich. So kann ich getrost und unbesorgt meine Reise beginnen."
„Mach mir die Freude und bleibe wenigstens noch zum Essen", bat der Hausherr. „Ich habe das ebenfalls schon mit meiner Frau, Fürstin Thora, vereinbart."

Fünfzehn Minuten später begleitete der Fürst die Besucher in das Speisezimmer. Es war ein sonnendurchfluteter Raum, dessen Mittelpunkt ein Esstisch mit acht hochlehnigen, cremefarbenen Polsterstühlen bildete. Auf dem weißen Tischtuch war bereits für fünf Personen gedeckt. Ein fünfarmiger Kerzenständer stand in der Mitte.

Der Fürst erklärte ihnen, dass erst Platz genommen werde, wenn sich alle Familienmitglieder, die am Essen teilnehmen, im Zimmer befänden.
Elena fand das altmodisch, aber in Smela schienen andere Gebräuche zu herrschen.
Fürstin Thora betrat den Raum.
Elena befürchtete schon, dass sie in königlichen Gewändern hereinspazieren würde, so, wie sie es aus Filmen kannte. Doch sie wurde angenehm überrascht, denn die Fürstin trug ein elegantes, beigefarbenes Kostüm, dessen Rock gerade mal die Knie bedeckte. Unter der Jacke trug sie eine weiße Bluse mit Spitze. Außer goldenen Ohrsteckern mit jeweils einem Rubin war sie schmucklos, wie Elena feststellte. Sie schaute ihr freundlich ins Gesicht. Doch als sich ihre Augen begegneten, beschlich Elena ein eigenartiges Gefühl von Kälte, das ihr Angst einflößte.
„Seid mir herzlich willkommen", begrüßte die Hausherrin die Gäste.
„Ich freue mich, dich endlich einmal wieder zu sehen, weise Hexe. Es ist lange her seit deinem letzten Besuch."
„Die Freude ist ganz auf meiner Seite, Fürstin Thora", erwiderte die weise Hexe.
Elena wunderte sich über die freundliche Begrüßung, die der eher bäuerlich wirkenden Serafina von dem Fürstenpaar zuteilwurde.
Dann schaute die Hausherrin Elena an. „Ich hoffe, du fühlst dich in unserem bescheidenen Zuhause wohl, solange du bei uns bist." An Serafina gewandt meinte sie: „Wir werden

auf das Mädchen gut aufpassen, versprochen. Wo bleibt eigentlich Malvin? Dass er immer zu spät zum Essen erscheinen muss."

Kaum hatte Thora ausgesprochen, als ein junger, schlaksiger Bursche mit hellbraunem Kurzhaar hereinkam und die Tür etwas zu heftig hinter sich schloss.

„Oh, wir haben Besuch?" Dabei schaute er Elena mit einem Lächeln an.

„Das ist Elena. Sie ist unser Gast, bis Serafina, die weise Hexe, von ihrer Reise zurück ist", erklärte ihm sein Vater. Dann fügte er noch hinzu: „Dass du dich unserem Gast gegenüber von deiner besten Seite zeigst, darf ich doch erwarten?" Der Fürst schaute Serafina an und meinte: „Malvin schlägt gerne über die Stränge, er ist oft noch wie ein Kind. So, da wir für das heutige Mittagessen vollzählig sind, lasst uns die Plätze einnehmen."

Er rückte seiner Frau den Stuhl zurecht. Wenig später hatten auch die anderen Platz genommen. Malvin saß Elena gegenüber. Dass er sie aus seinen blauen Augen laufend anstarrte, war ihr recht unangenehm. Sie war froh, als die Mahlzeit zu Ende war.

Das Fürstenpaar trank zur Verdauung einen Kräuterlikör, Malvin einen starken Espresso (Elena wunderte sich wieder einmal, dass so viele Dinge in Osej gleiche Bezeichnungen hatten). Sie und Serafina lehnten beides ab.

Elena begleitete die weise Hexe später noch zu ihrem Gefährt.

„Am liebsten würde ich mit dir kommen", sagte sie. „Mir gefallen die Augen der Fürstin nicht."

„Aber warum? Sie ist doch sehr freundlich."

„Ja, das ist sie, aber ... es sind ihre Augen, sie sind kalt und können nicht lachen. Irgendetwas stimmt nicht mit ihr."

„Nicht jeder hat lachende Augen. Versuche einfach, nicht in ihre zu schauen. Denke immer an deinen Plan, aber sei vorsichtig und verrate dich nicht zu früh."

„Schade, dass ich dich nicht erreichen kann, wenn ich deinen Rat brauche. Ich weiß ja nie, wo du gerade bist, sonst könnte ich dir eine Nachricht schreiben. Bei uns auf der Erde gibt es so viele Möglichkeiten, sich zu verständigen."

„Du schaffst das schon, mein Kind, hab Vertrauen zu dir. Du hast doch schon den Mut aufgebracht, zu deinen Wurzeln zu reisen." Serafina drückte Elena etwas in die Hand und sagte: „Du kennst diese Okutido-Wurzel. Sie wird dich auch hier in Smela vor bösem Zauber beschützen. Bewahre sie gut, bis ich wieder komme."

Fremde Verwandtschaft

Ein Dienstmädchen namens Roona begleitete Elena ins Gästezimmer. Es lag etwa in der Mitte des zweiten Obergeschosses im rechten Seitenflügel. Als sie allein war, schaute sie sich erst einmal um. Alle Möbel außer der beigefarbenen Polstersitzgruppe waren aus dunklem Eichenholz gefertigt. Über dem Bett war eine geblümte Decke ausgebreitet, auf einem Schreibtisch stand eine Vase mit bunten Wiesenblumen. Elena schob die langen Vorhänge beiseite, öffnete einen der Fensterflügel und schaute hinaus. Ihr Zimmer schien auf der Rückseite der Burg zu liegen, denn sie konnte, wenn sie nach links schaute, direkt zur Pferdekoppel sowie zu den Tannen blicken. Sowohl geradeaus als auch zur rechten Seite dehnte sich in einiger Entfernung der Wald aus.

Elena fühlte sich in diesem Moment so allein wie schon lange nicht mehr. Alex fehlte ihr so sehr. Für einen kurzen Augenblick war sie versucht, sich nach Hause zu wünschen.

„Gnädiges Fräulein ..."

Elena hatte gar nicht gehört, dass Roona ins Zimmer gekommen war.

„Die Herrschaft bittet Sie in den Salon zum Kaffee."

Elena warf einen kurzen Blick zu ihrer Tasche, die sie eigentlich hatte ausräumen wollen. Aber das konnte sie später auch noch machen. So folgte sie dem Dienstmädchen über den langen, mit Teppich ausgelegten Flur bis zur Treppe. Sie musste plötzlich unwillkürlich an die Burg von

Alex' verstorbenem leiblichen Vater in Turadero denken. Dabei lief ihr ein kalter Schauer über den Rücken. Die Burg hier in Miara war nicht ganz so groß, doch vor allem war sie hell und wirkte keinesfalls kühl.
Als sie im Erdgeschoss ankamen, ging es wiederum über einen Flur. Stimmen, die recht heftig zu diskutieren schienen, drangen an Elenas Ohren. Sie verstand jedoch kein Wort, da sie noch zu weit entfernt waren.
Als sie den Salon betraten, herrschte Stille.
Der Salon war ein offener Raum, der gemütlich mit dunklen Möbeln aus Holz eingerichtet war. Wie in dem Empfangsraum, wo Elena und Serafina am Vormittag gewartet hatten, standen auch hier kleine gepolsterte Sitzgruppen, wo jeweils vier Personen Platz fanden. Zwei der runden Tische waren eingedeckt.
Fürst Herold kam auf sie zu. „Ich darf euch unseren Gast vorstellen. Elena, sie ist die Enkelin einer Freundin der weisen Hexe, die uns allen ja bekannt ist. Sie macht wieder einmal eine Reise durch Smela und hat uns Elena solange anvertraut."
Er führte sie zu einer der Sitzgruppen, wo bereits Malvin, den Elena schon kannte, ein weiterer junger Mann und ein junges Mädchen saßen.
„Meinen Sohn Malvin kennst du bereits. Mein Zweitjüngster, Rudger. Das Mädchen ist meine Nichte Rika."
Bevor Elena sich zu den dreien setzen konnte, stellte ihr der Fürst noch seinen ältesten Sohn Gunnar vor, sowie dessen Frau Berthe, die bei dem Fürstenpaar ihre Plätze hatten.

Elena ging etwas zaghaft zu ihnen an den Tisch und reichte ihnen die Hand. Sie versuchte, dabei freundlich zu lächeln, als sie ein: „Hallo“, hervorbrachte. Sie hatte überhaupt keine Ahnung, wie sie mit der Fürstenfamilie sprechen sollte.
Als sie schließlich auf ihrem Platz saß, streckte ihr Rika die Hand entgegen. „Herzlich willkommen. Du musst keine Angst vor uns haben, wir beißen nicht.“ Rika lachte. „Woher kommst du?“
„Aus Miljaan“, antwortete Elena, „das liegt nördlich von Turadero in Sidoc.“ Elenas Herz pochte wie wild bei dieser Lüge. Irgendwie schämte sie sich dafür.
Sie war froh, als ein Dienstmädchen kam und den Kaffee samt Kuchen brachte. Als sie alle Tassen gefüllt hatte, verschwand sie wieder. Malvin teilte den Kuchen aus, dann begann er herzhaft zu essen. Um überhaupt etwas zu sagen, fragte sie Rika: „Wohnst du auch hier in der Burg?“
„Ja, ich zeige dir gerne mal mein Zimmer. Wenn du magst, können wir später ausreiten. Wir dürfen doch, Onkel Herold?“
„Meinetwegen gerne, vorausgesetzt, Elena kann reiten.“
„Und, kannst du?“, fragte Rika.
„Ja, klar kann ich. Das wäre schön.“
„Super, da komme ich doch auch mit. Einer muss ja auf euch aufpassen“, rief Malvin und lächelte.
Elena bemerkte, dass seine blauen Augen genauso wie beim Mittagessen auf ihr ruhten. Das bereitete ihr leichtes Unbehagen, obwohl sie den Jungen gar nicht mal unsym-

pathisch fand. Sie warf kurz einen Blick auf Rudger, der im Gegensatz zu Malvin helles, fast weizenblondes Haar und ein eher rundliches Gesicht hatte.
Berthe durchbrach auf einmal mit schriller Stimme die Unterhaltung. „Warum soll immer Gunnar die Feldarbeiter beaufsichtigen? Rudger kann das genauso gut machen."
„Weil Gunnar der ältere ist und später mein Nachfolger sein wird", antwortete der Fürst.
„Aber Gunnar kümmert sich schon um die Mühle. Auch um die Apfelplantage, während Rudger nur seinem Vergnügen nachgeht. Warum sagst du dazu nichts, Thora?"
Damit war die Fürstin gemeint, die – wie Elena von ihrem Platz aus sah –, genüsslich ihren Kuchen aß.
Dabei meinte sie: „Die Geschäfte überlasse ich meinem Mann. Wie du weißt, meine liebe Berthe, unterliegen mir das Dienstpersonal und das leibliche Wohl meiner Familie. Aber sie hat recht, mein lieber Mann. Du könntest Rudger auch etwas mehr antragen, als sich nur um das Wohl der Pferde zu kümmern. Für die haben wir schließlich einen Pferdepfleger."
„Wir reden darüber nicht weiter in Anwesenheit unseres Gastes", erwiderte der Fürst.
Elena hatte den Eindruck, dass seine Stimme einen recht frostigen Ausdruck bekommen hatte. Ganz so idyllisch scheinen die Familienverhältnisse nicht zu sein, dachte sie. Andererseits gab es auch in den besten Familien mal einige Differenzen, davon konnte Elena ja ein Lied singen.

Als sie ihren Kaffee geleert hatten, erhob sich Malvin. „Können wir gehen?", fragte er zum Tisch seiner Eltern gewandt. „Wenn ich das Kommando gebe, mein Junge, das weißt du ganz genau. Ihr werdet es ja noch fünf Minuten aushalten, bevor ihr zu den Pferden dürft."

Als sie, Rika und Malvin etwa zehn Minuten später den Salon verließen, rief ihnen der Fürst nach: „Ich schlage vor, unserem Gast die Stute Hella zu geben. Sie ist recht zahm. Dann viel Spaß!"
Es gehörten zehn Pferde, darunter drei Stuten, zwei Fohlen, vier Hengste und ein Wallach, zum Familienbesitz.
Kurz nachdem sie in den Stallungen eingetroffen waren, erschien auch Rudger. „Ihr sattelt sicher eure Pferde selbst, dann mache ich das für unseren Gast." Er ging zu einer Box und führte eine weiße Stute heraus, bei deren Anblick Elena unweigerlich an Schneewolke denken musste, das Pferd von Alex' leiblicher Mutter Massarial. Die Erinnerung an die Zeit in Sidoc stand sekundenlang wieder klar vor ihren Augen. Erst als sie ihren Namen hörte, schüttelte sie sie ab.
„Kannst du ohne Hilfe aufsteigen?", wollte Malvin wissen. Ohne darauf zu antworten, stieg Elena aufs Pferd und rief: „Wir können. Aber ihr müsst voraus reiten, ich kenne mich hier ja nicht aus."
„Du wirst dich bald auskennen." Rika trieb ihre braune Stute Lori neben die von Elena.

Der Besitz der Familie von Kaldam war sehr groß. Er bestand aus Getreidefeldern, einer Mühle, wo das Getreide gemahlen und für den Verkauf vorbereitet wurde, nebst einer Apfelplantage. Auch ein größeres Stück Wald sowie eine Sägerei gehörten ihnen, wie Malvin stolz erzählte.
„Aber das zeigen wir dir ein anderes Mal. Auch die Plantage. Auf dem Markt in Miara bieten wir Produkte an wie Mehl, Brot und Apfelkuchen aus unseren Backstuben. Warst du schon einmal in Miara?"
Beinahe hätte Elena „Ja, aber nur kurz", gesagt, doch noch rechtzeitig ein „Nein" hervorgebracht. „Ich komme aus Miljaan in Sidoc. Bis vor kurzer Zeit hat es ja diese Fehde zwischen unseren Völkern gegeben, wie ihr ja auch wisst."
„Klar, wissen wir. Aber trotzdem zieht es mich nicht über den Trey nach Sidoc, auch wenn es dort wieder normal zugeht, wie man hört. Smela bietet genug Abwechslung."
„Dieser Fürst dort drüben soll ja sehr grausam gewesen sein", meinte Rika. „Die können froh sein, dass er nicht mehr am Leben ist. Aber, sag mal, stimmt das, dass sein Sohn in einer anderen Welt leben soll?"
„Was redest du da für Blödsinn, Rika! Andere Welt, wo hast du das nur wieder aufgeschnappt?"
„In der Schule haben es ein paar Mädchen erzählt. Es kommen öfter Leute aus Turadero zu uns nach Miara. Die müssen es ja wissen. Der junge Sohn des toten Fürsten sollte eigentlich der neue Fürst werden, aber er hat verzichtet, weil er lieber in der anderen Welt leben will. Dabei hat er doch hier seine Mutter und sogar eine Schwester."

„Alles dummes Geschwätz", rief Malvin. „Was sagst du dazu, Elena?"
Elena schluckte erst einmal, bevor sie sprach: „Was ... was soll ich dazu sagen? Es soll ja Dinge geben, die wir nicht verstehen können. Andererseits, warum sollen die Leute so etwas erfinden? Aber lasst uns doch lieber weiterreiten, ich möchte noch mehr von eurem Land kennenlernen."
Rika ritt dicht neben Elena her. „Du hältst es also auch für möglich, dass es eine andere Welt gibt?"
„Ich weiß nicht, mag sein. Ausschließen will ich es aber nicht."
„Das ist zumindest kein Nein. Ich würde es toll finden."

Als die Sonne immer tiefer stand, ritten sie zurück zur Burg. Rudger war nicht im Stall, aber ein Bursche namens Aron, der die Pferde entgegennahm. Er wandte sich an Malvin.
„Lasst nur, junger Herr. Ich sattle sie ab und reibe sie trocken."
„Danke!"
„Hast du eigentlich ein Kleid?", fragte Rika, als sie das Haus betraten. „Zur Abendmahlzeit ist für die Frauen ein Kleid erwünscht."
Auch das noch, dachte Elena. An ein Kleid hatte Serafina bei ihrem Einkauf nicht gedacht.
„Nein, leider nicht."
„Du kannst dir von mir eines aussuchen. Wir dürften ungefähr die gleiche Größe haben. Komm einfach mit zu mir."

Rika wohnte in einem großen Zimmer im zweiten Obergeschoss des linken Seitenflügels. Sie erzählte Elena, dass Gunnar und seine Frau im ersten Obergeschoss ihre Räume hatten, während der Fürst mit seiner Frau im Hauptgebäude wohnte.

„Ganz schön groß für so wenig Leute", hörte sich Elena sagen. „Da stehen sicher viele Zimmer leer."

„Ja, meine Eltern wohnten auch hier auf der Etage."

Elena bemerkte, wie Rika zusammenzuckte.

„Papa ist vor mehr als einem Jahr an einem schlimmen Fieber gestorben. Einige Tage darauf ist meine Mutter spurlos verschwunden. Bis jetzt wurde sie nicht gefunden. Keine Spur gibt es von ihr. Ich habe gehört, wie Tante Thora mal zu Onkel Herold sagte, dass meine Mutter sich vielleicht ..." Rika brach ab und begann zu weinen. „Ich kann nicht glauben, dass sie sich etwas angetan hat", schluchzte sie unter Tränen.

„Das ist ja schrecklich", entfuhr es Elena. Sie zog Rika tröstend an sich. „Das tut mir sehr leid. Hast du wenigstens Geschwister?" Elena konnte ja nicht sagen, dass sie es bereits von Serafina wusste.

„Ja, einen Bruder, der ist schon sechsundzwanzig. Er wohnt mit seiner Frau und seinen Kindern in Miara. Ich besuche ihn so oft es geht. Wenn du magst, gehen wir mal zusammen hin."

„Warum wohnt er nicht auch hier?"

„Leo hat kein gutes Verhältnis zu Onkel Herold. Er hat sich auch nicht gut mit Papa verstanden. Warum, weiß ich nicht. So ist er eines Tages ausgezogen."
Elena beließ es dabei.
Rika öffnete ihren Kleiderschrank. Sie hatte wirklich schöne Sachen.
Elena entschied sich für ein weißes Kleid, bedruckt mit großen roten Blumen, die sie an Mohnblumen erinnerten.
„Wenn ich das nehmen darf?"
„Klar, du hast genauso einen Geschmack wie ich. Nun sollten wir uns beeilen. Onkel Herold kann sehr ungemütlich werden, wenn man nicht pünktlich beim Essen erscheint. Am besten, du ziehst dich gleich hier um. Frisieren kannst du dich im Bad nebenan."

Zehn Minuten später betraten die Mädchen den Speiseraum, in dem Elena bereits am Mittag gegessen hatte. Diesmal war der Tisch vollständig eingedeckt. Mit Elena waren es acht Personen.
Malvin kam mal wieder als Letzter. Als er neben Elena stehenblieb, stieß er einen Pfiff aus, was seinen Vater veranlasste, ihn gleich zu rügen.
„Was ist das für ein Benehmen, mein Sohn? Du bist hier nicht in deiner Jugendgruppe."

Es gab für das Abendessen eine gewisse Tischordnung. Der Fürst saß an einem Kopfende des Tisches, am gegenüber

liegenden seine Frau Thora, die ein langes, dunkelblaues Abendkleid trug.
Zur linken Seite des Fürsten saßen Gunnar, Berthe und Elena, zur rechten Rudger, Malvin und Rika. So hatte Elena das Glück, dass ihr Rika gegenübersaß. Trotzdem fühlte sie sich unwohl in ihrer Haut.
Das Essen schmeckte vorzüglich, doch den Espresso oder einen Likör danach lehnte sie höflich ab. Sie war froh, als der Fürst die Tafel aufhob, wie man in feinen Kreisen so zu sagen pflegte.
„Wenn es nicht unhöflich ist", begann Elena, „möchte ich in mein Zimmer gehen. Es war ein langer Tag."
„Aber selbstverständlich, mein Kind", erwiderte die Fürstin freundlich.
Elena bedankte sich ebenso freundlich, vermied jedoch den direkten Augenkontakt.
„Ich läute nach Roona, die kann dich zu deinem Zimmer bringen", bot der Fürst an.
Rika jedoch bat ihn, Elena zu begleiten.
„Na schön", erwiderte er. „Rechter Flügel, zweites Obergeschoss."
Elena wünschte allen eine gute Nacht, dann schloss sich die Tür hinter ihnen.
„Soll ich dich morgen zum Frühstück abholen?", fragte Rika, als sie vor Elenas Gästezimmer standen.
„Ich denke, dass ich jetzt den Weg allein finde, aber danke fürs Angebot. Wann wird denn gefrühstückt?"

„Wir frühstücken nicht zusammen. Jeder, wann er mag, zwischen sieben und neun. Im Frühstückszimmer. Du kannst es nicht verfehlen, denn es ist gleich neben dem Speisezimmer. Bis morgen."
„Bis morgen. Schlaf gut."

Dann verschwand Elena rasch in ihrem Zimmer, bevor Rika sie noch weiter aufhalten konnte. Elena mochte das Mädchen zwar gut leiden, wollte aber allein sein.
Sie packte die Tasche mit den Kleidungsstücken aus, legte sie sorgfältig in den Kleiderschrank und griff dann nach der Schatulle. Wo sollte sie die hinstellen, ohne dass jemand von den Dienstmädchen sie beim Saubermachen fand? Vielleicht sogar reinschaute? Sie entschied sich, das Kästchen hinter ihre Oberteile zu stellen, so, dass man es nicht sehen konnte, wenn man in den Schrank schaute.
Von ihrem Zimmer aus ging es in ein kleines Badezimmer mit WC. Hier fehlte es an nichts. Waschlappen, Handtücher, Seife, Bürste und Kamm, alles lag bereit wie in einem Hotel, dachte Elena. Die Kaldams waren wohl sehr gastfreundlich. Nachdem Elena die schweren bodenlangen Vorhänge zugezogen hatte – Fensterläden schien es hier nicht zu geben, genau wie in Sidoc –, legte sie sich in das Bett. Es war bequem. Ihr fielen auch bald die Augen zu. Sie glitt in einen traumlosen Schlaf, der jedoch mitten in der Nacht ein jähes Ende fand.
Was hatte sie geweckt? Elena saß kerzengerade im Bett. Sie lauschte in die Dunkelheit ihres Zimmers. Ihr Herzschlag

ging schneller, so, wie in der letzten Zeit zu Hause, als sie diese schrecklichen Albträume gehabt hatte.
Da, wieder. Es war ein Schrei, der Elena durch Mark und Bein drang. Sie stand auf und ging mit zitternden Knien zum Fenster. Schob die Vorhänge beiseite, öffnete es. Lauschte nach draußen. Vielleicht war es ja ein Tier, das da geschrien hatte. Aber alles war still, nicht ein einziger Nachtvogel war zu hören.
So legte sie sich wieder hin. Nachdem sich ihr Herzschlag beruhigt hatte, schlief sie erneut ein.

Es war trotz der recht dicken Vorhänge schon hell, als sie am nächsten Morgen erwachte. Fast acht Uhr, Zeit aufzustehen, sonst würde sie kein Frühstück bekommen. Sie dachte an den nächtlichen Schrei, nahm sich aber vor, bei den anderen vorerst nichts davon zu erwähnen. Vielleicht hatte sie auch nur geträumt. Dieser Gedanke gefiel ihr wesentlich besser. Merkwürdig war jedoch, dass sie keinen ihrer Albträume gehabt hatte.

Ihr Orientierungssinn funktionierte sehr gut. Also fand sie auch gleich den Frühstücksraum.
Rika war bereits anwesend und begrüßte sie freundlich. „Gut geschlafen?"
„Ja. Was kannst du mir empfehlen?" Sie stand vor einem Tisch, auf dem mehrere Sorten Wurst lagen, außerdem Käse, Obst, Quark, Müsli, jedenfalls sah das Zeug in der einen Schüssel so aus. Brot und Brötchen gab es auch.

„Ich esse meistens Krusti." Rika zeigte auf das, was Elena als Müsli erkannte. „Aber du kannst essen, was du willst. Von der übrigen Familie hat nur Onkel Herold schon gefrühstückt. Er geht früh in sein Arbeitszimmer. Tante Thora frühstückt nicht und wenn, dann nur Kaffee. Ich glaube, sie will nicht zunehmen." Rika lachte. „Die anderen kommen meist erst so um neun."
Elena entschied sich für frisches Brot, Butter, Käse und ein Schälchen Quark. Dazu Kaffee.
„Wie alt bist du eigentlich?", wollte Rika wissen, als sie am großen Tisch Platz genommen hatten.
„Ich bin vor kurzem siebzehn geworden und du?"
„Ich werde im Juli sechzehn. Gut, dass wir momentan Ferien haben, da können wir den ganzen Tag zusammen verbringen, findest du nicht auch? Es ist sonst sehr langweilig für mich."
„Wieso? Du hast doch eine große Familie."
„Ach was. Malvin ist ja ganz nett, außerdem ist er im letzten Schuljahr. Für die anderen bin ich nur das kleine Mädchen. Wollen wir später in die Stadt reiten?"

Der Fürst erlaubte es ihnen. Schon eine Stunde später verließen sie die Burg über eine sonnenüberflutete Straße. Es begegneten ihnen nur wenige Autos, die man hierzulande Mobile nannte und im Gegensatz zu den Fahrzeugen auf der Erde etwas seltsam ausschauten. Hauptsache, sie fuhren. Elena hätte Rika gerne etwas von ihrer Welt erzählt, wie ähnlich sie sich in vielen Dingen waren, aber das wäre doch zu

früh gewesen. Sie musste höllisch aufpassen, dass sie sich nicht durch irgendwelche Äußerungen verriet.
Rechts der Straße lagen weite Felder, während links schon einige Häuser zu sehen waren.
„Das alles, was du hier siehst, bis zum Wald hinüber und noch ein Stück weiter gehört unserer Familie. In den Häusern hier links wohnen einige Arbeiter meines Onkels mit ihren Familien."
„Die wohnen aber schön", entfuhr es Elena.
„Ja, mein Onkel legt schon Wert darauf, dass seine Leute ein schönes Zuhause haben. Wer schön wohnt, arbeitet auch gerne und gut, hat er einmal gesagt. Viele Arbeiter wohnen aber auch in Miara."
Das sprach für ihn, dachte Elena. Dieser Fürst wurde ihr immer sympathischer.

Miara war ein schönes Städtchen. Es erinnerte Elena an Schwetzingen. Sie war ja schon einmal dort gewesen. Damals vor zwei Jahren, als sie auf dem Weg zu Serafina gewesen war, um von dieser etwas über das Verschwinden von Alex zu erfahren. Allerdings nur auf dem Marktplatz.
In der Stadt herrschte reger Verkehr. Menschen eilten hastig an ihnen vorbei.
So kamen sie zum Marktplatz, dessen Mittelpunkt ein riesiger Springbrunnen bildete, an dem sie ihre Pferde trinken ließen. Um den Brunnen herum waren Stände aufgebaut wie an den Markttagen in Elenas Heimat. Sie wäre gerne

noch etwas stehengeblieben, um sich alles genauer zu betrachten, doch Rika drängte weiter.
„Komm, wir schauen uns lieber die Geschäfte an."
Vom Marktplatz aus gelangten sie in eine breite, sehr belebte Straße, die mit roten Steinen gepflastert war. Gleich am Anfang gab es einen Superladen, ähnlich dem Supermarkt in Elenas Welt. Auf dem großen Parkplatz standen jede Menge Mobile. An einem der Holzgeländer, das einen Teil des Parkplatzes eingrenzte, banden sie ihre Pferde an.
„Werden die auch nicht geklaut?", fragte Elena.
Rika lachte. „Nein, Fahrräder schon mal, aber ein Pferd nicht. Keine Angst."
Zu beiden Seiten der Straße sah man in die Schaufenster der Läden. Da gab es zum Beispiel Kleider, Geschirr, eine Bücherei, einen Pflegemarkt, ähnlich einer Drogerie. Über einem Geschäft stand Teesalon, es gab ein Backhaus, das der Fürstenfamilie gehörte, ein Metzgerhaus und Wirtshäuser. Da entdeckte Elena auch eine Eisdiele, die sich ‚Is Apa' nannte.
„Hast du Lust auf ein Eis?", fragte sie Rika, die freudig zustimmte. Zum Glück hatte Serafina Elena Osej-Taler mitgegeben.
Sie saßen im Freien und hatten bald einen gut gefüllten Eisbecher vor sich stehen. Während sie genüsslich ihr Eis schlemmten, schaute sich Elena ein wenig um. Ihr Blick fiel auf ein Geschäft, das der Eisdiele gegenüber lag. Dort im Schaufenster lag Schmuck. Aber nicht die Ketten, Ringe oder Armbänder erregten ihre Aufmerksamkeit. Es waren

eher die zwei Personen, die sie durch die Schaufensterscheibe sehen konnte. Eine erkannte sie. Es war Fürstin Thora. Den Mann, der dicht neben ihr stand, kannte Elena nicht. Da griff eine Hand zu einem Armband in der Auslage und holte es hervor. Dann verschwanden die Personen. Doch nur wenige Minuten später kamen sie aus dem Geschäft. Vor einem Mobil blieben sie stehen. Der Mann küsste die Fürstin auf die Wange, bevor sie einstieg und davonfuhr. Dann schlenderte er in entgegengesetzter Richtung davon. Nur gut, dass Rika mit dem Rücken zur Straße saß. So hatte sie nichts von Elenas Beobachtung mitbekommen.

„Was ist, Elena?"

„Warum?"

„Weil du gerade ein Gesicht gemacht hast, als hättest du ein Gespenst gesehen."

„Quatsch. Ich kenne hier doch niemanden."

„Ist es bei dir zu Hause in ..., wo kommst du nochmal her?"

„Miljaan."

„Wie ist es da so?"

„Wie soll es schon sein?", erwiderte Elena, die ein bisschen in Erklärungsnot geriet. „Es ist eher ein Dorf, aber wir haben auch Geschäfte, nur nicht so viele wie hier in Miara. Aber in Turadero sind es schon mehr."

„Es muss für euch da drüben ja schlimm gewesen sein, als euer Fürst noch gelebt hat. Wir hier haben ja nicht so viel mitbekommen, erst später, nachdem Sidoc quasi wieder frei war und die Leute wieder hin und her reisen konnten."

„Ja, das war schon schlimm, keiner von uns erinnert sich gerne daran. Lass uns auch nicht mehr davon sprechen."

Sie bezahlten ihr Eis, schlenderten noch ein bisschen die Straße entlang, besuchten einige Läden, bevor sie wieder zurück zu ihren Pferden gingen.

Pünktlich zum Mittagessen waren sie zurück.

Geheimnisse

Natürlich trug Fürstin Thora das neue Armband, das sie am Morgen in Begleitung eines fremden Mannes gekauft – oder sogar von diesem geschenkt bekommen hatte. Dem Fürsten fiel es auch prompt auf.
„Ein neues Schmuckstück? Das habe ich ja noch nie an dir gesehen."
„Ja, das habe ich mir selbst geschenkt. Du hast ja keine Zeit mehr, mit mir gemeinsam etwas Schönes für mich auszusuchen."
„Ich glaube, wir sollten unser Privatleben nicht vor unserem Gast ausbreiten." Der Fürst schaute Elena an: „Ich hoffe, du und Rika hattet einen schönen Vormittag."

Einmal schaute Elena während des Essens direkt in Thoras Augen, obwohl sie sich so viel Mühe gab, ihnen auszuweichen. Dabei lief Elena ein kalter Schauer über den Rücken. Zum Glück schien niemand von den anderen etwas bemerkt zu haben. Diese Frau war ihr unheimlich.

Nach dem Mittagessen wollten die Mädchen wieder ausreiten. Rika war noch nicht da, als Elena bei den Stallungen ankam. Sie wollte gerade hineingehen, als sie von lauten Stimmen daran gehindert wurde. Es waren eine Frau und ein Mann. Sie schienen sich zu streiten. Aber Elena verstand kein Wort. Als ihre Schritte jedoch näherkamen, wurden

auch ihre Stimmen lauter. Rasch versteckte sich Elena hinter der Stalltür und erkannt Gunnar und Berthe.
„Wenn du deinen Mund nicht aufmachst, dann wird dein Vater dir nie die Mühle überlassen. Wir könnten so herrlich in dem Haus dort wohnen!" Das war Berthes Stimme.
„Was hast du dagegen, hier in der Burg zu leben? All unsere Vorfahren haben hier zusammengewohnt. Platz genug haben wir und es fehlt uns an nichts." Das war Gunnars Antwort.
Berthes Stimme folgte: „Ich will nicht mein Leben lang mit der ganzen Familie unter einem Dach wohnen. Außerdem hasse ich es, wenn deine Eltern, vor allem dein Vater, ständig drängen, dass sie sich ein Enkelkind wünschen."
„Was, bitte, hast du gegen ein Kind?", rief Gunnar etwas lauter. „Ich dachte, wir wollten welche."
„Du vielleicht, ich nicht. Jedenfalls jetzt noch nicht. Du hast mir übrigens versprochen, dass wir ein paar Tage an die Küste fahren und uns dort erholen. Auch das hat dein Vater verhindert."
„Ja, weil die Apfelernte begonnen hat, da braucht er jede Hand. Wir holen unsere Freizeit nach."
„Rudger ist ja auch noch da und jede Menge Arbeitsleute. Außerdem hat Malvin Ferien. Der kann ruhig auch mal helfen", maulte Berthe weiter.
Da hörte Elena in ihrem Versteck Rikas Stimme: „Könnt ihr euch nicht in euren Zimmern streiten?"
„Was geht das dich an?", rief Berthe grob. Dann entfernten sich ihre Schritte.

„Hast du den Streit mitbekommen?", fragte Rika, als Elena aus ihrer Deckung hervor kam.
„War ja nicht zu überhören. Machen die das öfter?"
„Es geht um die Mühle. Berthe will, dass Gunnar allein die Mühle übernimmt und dort die Arbeiten überwacht. In der Nähe der Mühle steht ein Haus. Dort will Berthe mit Gunnar einziehen. Aber dort wohnt noch der Obermeister, den Onkel Herold als Mühlenchef eingestellt hat. Weißt du was, wir reiten mal zur Mühle."
Kurz darauf lernte Elena wieder einen Teil des Besitzes ihrer Vorfahren kennen. Die Mühle war recht groß. Rika erklärte ihr, dass sie mit Wasser angetrieben wird. Etwas abseits entdeckte Elena in einem hübschen Garten ein weiß gestrichenes Haus mit grünen Fensterläden. Das also war das begehrte Objekt von Berthe, dachte sie.

An diesem Abend, es war der zweite ihres Aufenthaltes in der Burg, saß Elena am Schreibtisch ihres Zimmers und hatte Jinnis Tagebuch vor sich liegen. Sie überlegte kurz, bevor sie es aufschlug. Dann blätterte sie, bis sie eine leere Seite gefunden hatte und begann über die Ereignisse des zurückliegenden Tages zu schreiben.

Ich wünschte, Alex wäre hier bei mir, aber er ist so fern, und ich kann ihn von hier aus nicht einmal anrufen oder ihm schreiben ...

Danach legte sie den Stift beiseite. Sie rieb sich die Augen. Dann stand sie auf, streckte sich und ging zum Fenster, dessen Flügel weit offen standen. Draußen hatte sich der Tag verabschiedet und der Dunkelheit Platz gemacht. Elena zog tief die würzige milde Abendluft ein, die von den Tannen herüberwehte. In der Ferne wieherte ein Pferd, und der Ruf eines Vogels drang zu ihr herüber. Ihre Gedanken eilten zu Alex. Ihr erster Streit vor ihrer Reise nach Osej. Elena konnte nicht verhindern, dass ihre Augen feucht wurden. Ein paar Tränen liefen über ihre Wangen. Dann vernahm sie ein seltsames Geräusch. Es hörte sich an wie ein Sirren, dann änderte es die Tonlage, wurde zu einem Summen, dann murmelte jemand, den sie in der Dunkelheit nicht sehen konnte. Auf einmal kroch eine Gänsehaut über Elenas Rücken. Bevor sie das Fenster schloss, hörte sie einen Schrei, nicht übertrieben laut, dennoch ging er ihr durch Mark und Bein. Ihr Herzschlag beschleunigte sich. Das war kein Schrei eines Vogels, schoss es Elena in den Sinn, es war der eines Menschen.

Elenas Knie zitterten, als sie die Vorhänge zuzog. Als sie in das kleine angrenzende Bad gehen wollte, hielt sie ein heftiges Klopfen zurück. Zuerst dachte sie, es käme von der Tür, aber es kam vom Fenster her. Erschrocken lugte sie vorsichtig hinter einen der langen Vorhänge. Zuerst sah sich nichts. Erneut klopfte es. Als Elena die Vorhänge vollends zur Seite schob, glaubte sie, ihren Augen nicht zu trauen. Auf dem Sims stand ein Ajinn. Ajinn waren kleine, recht scheue Wesen, halb Fee, halb Mensch. Sie hatten

Flügel und lebten ausschließlich im Schutze von Bäumen und mieden große Menschenmassen.
Elena öffnete einen der Fensterflügel.
„Wie kommst du denn hierher?", fragte sie erstaunt.
„Du kannst dich noch an uns erinnern?"
„Aber ja. Sag, was machst du hier? Woher weißt du, dass ich hier bin und in welchem Zimmer ich wohne? Bist du allein?"
„So viele Fragen auf einmal, Erdling. Wir sind drei. Von der weisen Hexe wissen wir, dass du hier bist, um deine Verwandtschaft zu besuchen. Wir tun ihr einen Gefallen, indem wir auf dich aufpassen. Wir haben dich heute Mittag schon bei den Pferden gesehen, doch deine Traurigkeit hat uns schließlich zum richtigen Fenster geführt."
„Wie schön. Ach, weißt du, Alex war nicht damit einverstanden, dass ich in das Land meiner Wurzeln reise. So bin ich im Streit abgereist. Ihr könnt euch doch auch noch an Alex erinnern?"
„Aber natürlich. Es wird alles wieder gut, ganz bestimmt", beruhigte sie das Ajinn. „Glaub nur fest daran. Wenn du unsere Hilfe brauchst, dann komm zu den Tannen, wir haben dort Platz bezogen. Oder erwarte uns hier am Fenster. Aber erzähle niemand von uns."
„Das mache ich nicht. Aber sag, hast du vorhin auch diesen Schrei gehört?"
„Nein, ich habe nichts gehört. Nun schlaf gut, ich will zu meinen Kameraden zurück. Du weißt, wenn du Hilfe brauchst ..."

„Komme ich zu den Tannen, versprochen. Aber mir fällt gerade ein, dass ihr ja nie über Wasser fliegt. Wie kann es sein, dass ihr jetzt über den Trey geflogen seid?“
„Ganz einfach, wir sind an der Stelle geflogen, wo an beiden Ufern Wald ist, also viele Bäume sind. Nun will ich zu meinen Kameraden. Wir sehen uns.“

In dieser zweiten Nacht schlief Elena traumlos durch und wachte früh genug auf, um sich in Ruhe fürs Frühstück fertig zu machen. Dabei dachte sie an Jinni. Merkwürdig, dass sie keinen Albtraum mehr gehabt hatte, seitdem sie hier war. In welchem Zimmer ihre Ahne wohl gewohnt hatte? Irgendwann würde sie Rika oder deren Onkel fragen, ob sie sich einmal die Ahnengalerie anschauen durfte.
Im Frühstücksraum traf sie Malvin an, der ihr entgegenlachte. „Morgen, jetzt kann der Tag beginnen.“
Er versprühte so viel Charme, dass es Elena etwas mulmig wurde. Hoffentlich kam Rika bald, damit sie nicht mit dem Jungen allein das Frühstück einnehmen musste.
„Darf ich dich bedienen?“, fragte er, stellte seinen Teller auf den Tisch und griff sich einen neuen.
„Nein, das ist nett von dir, aber ich bediene mich lieber selbst“, erwiderte sie höflich.
„Dann hast du hoffentlich später nichts gegen einen Ausritt? Wir könnten zur Apfelplantage und bei der Ernte zuschauen.“

„Da komme ich mit", kam eine fröhliche Stimme von der Tür. Es war Rika. „Solltest du nicht bei der Ernte mithelfen?" Dabei schaute sie Malvin herausfordernd an.
„Nö, Vater hat genug, die helfen. Ich unterhalte lieber euch, das gefällt mir wesentlich besser." Wieder setzte er sein schönstes Lächeln auf.
Malvin war schon ein gutaussehender Junge, fand Elena. Aber sie mochte es nicht, von ihm so angehimmelt zu werden. Sie belud ihren Teller, goss sich Kaffee ein und setzte sich neben Malvin. So vermied sie es, ständig von ihm angestarrt zu werden.
Elena war froh, dass Malvin ihnen nicht folgte, als sie und Rika den Frühstücksraum verließen. Er rief ihnen nur zu: „Also in einer halben Stunde bei den Ställen!"
„Du bist nicht sonderlich begeistert, dass er mitkommt", meinte Rika.
„Ich habe nichts gegen seine Gesellschaft, aber ich mag es nicht, dass er mich so anschaut."
„Hast du einen Freund?"
„Ja, und ich will auch keinen anderen."
„Dann sag es ihm, vielleicht hält er sich dann etwas zurück. Wenn ihm ein Mädchen gefällt, kann er sehr anhänglich sein."

Auf dem Flur zur Haupttreppe begegneten sie Berthe, die nicht gerade eine freundliche Miene machte. Sie rauschte auch ohne Gruß an den Mädchen vorbei.
„Sie kann manchmal recht blöd sein", entfuhr es Rika.

„Vielleicht hat sie einen Grund. Aber es gibt etwas, was ich dich fragen will. Ich habe letzte und vorletzte Nacht jemanden schreien hören. Hast du auch was gehört?"
Rika schaute Elena an und schüttelte den Kopf.
„Nein, vielleicht war es ein Vogel in den Tannen. Mein Zimmer liegt ja am anderen Ende."
„Ich dachte erst auch, dass es ein Tier ist, aber es hörte sich eher wie ein Mensch an. Schon seltsam. Ich bin sehr erschrocken."
„Keine Ahnung. Weißt du was? Ich übernachte heute bei dir. Merkt sowieso niemand, wenn ich nicht in meinem Zimmer bin."
„Das würdest du tun?"
„Klar."
Elena hoffte, dass auch in der folgenden Nacht ein Schrei zu hören war, sonst würde Rika vielleicht glauben, dass sie es nur geträumt hatte oder sich wichtig tun wollte.

Eine Stunde später hatten Elena, Rika und Malvin die Apfelplantage erreicht. Dort war die Ernte in vollem Gange. Das Wetter hätte nicht herrlicher sein können.
Ein älterer Mann kam zu ihnen, begrüßte zuerst Malvin, dann erst schaute er die Mädchen an.
„Ich bin Obermeister Halwig, habt ihr nicht Lust, uns ein bisschen zu helfen?"
„Wollen wir?", fragte Rika und war auch schon von ihrem Pferd gestiegen.

„Muss das sein?", fragte Malvin. „Ich wollte mit euch doch noch in die Stadt."
Der Junge hielt wohl nicht viel von Arbeiten, dachte Elena, doch als sie und Rika sich an der Ernte beteiligten, half auch Malvin mit. Zwischendurch durften sie sogar von den köstlichen Äpfeln naschen.

Beim Mittagessen war diesmal die ganze Familie anwesend. Fürst Herold sprach natürlich gleich seinen jüngsten Sohn an: „Mir ist zu Ohren gekommen, dass du heute bei der Apfelernte geholfen hast? Aber ich glaube, du wolltest dich wohl nicht vor den Mädchen blamieren, die sofort mit Freude dabei waren, wie mir der Obermeister berichtet hat."
Malvin sagte nichts, doch Elena bemerkte, wie er schluckte. Warum musste sein Vater ihn vor den anderen so bloßstellen? Da ihr keine Meinung zustand, schwieg sie, genauso wie die anderen. Niemand ergriff für ihn Partei. Das fand Elena nicht fair.
Als Fürst Herold das Wort an sie richtete, blickte sie zu ihm hinüber zum Kopfende.
„Nun, wie gefällt es dir bei uns?"
„Danke, gut, Sie haben einen sehr großen und schönen Besitz. Gibt es eigentlich eine Ahnengalerie – so sagt man doch?"
„Natürlich, bei Gelegenheit kann jemand von uns sie dir zeigen."
„Oh ja, Onkel Herold, darf ich das machen?"

Elena sah, wie Rikas Augen dabei glänzten.
„Wir werden sehen", antwortete der Fürst und widmete sich wieder seinem Essen.

Wie verabredet, trafen sie sich in Elenas Zimmer. Bei geöffnetem Fenster unterhielten sie sich und warteten. So gegen zehn Uhr drang dann tatsächlich ein menschlicher Schrei zu ihnen vor.
„Das hört sich ja grausam an", entfuhr es Rika.
„Wohnt außer eurer Familie noch jemand hier im Haus? Vielleicht die Dienstboten?"
„Nein, die haben vor Jahren mal im oberen Geschoss gewohnt, jetzt leben sie alle in Kaldamsried, eine kleine Siedlung auf dem Weg in die Stadt."
„Aber es hört sich so an, als käme der Schrei hier ganz aus der Nähe."
Rika zuckte mit den Schultern. „Außer dir wohnt niemand in diesem Seitenflügel. Wirklich seltsam."
Das fand Elena auch. „Was, wenn aber doch jemand im Dachgeschoss wohnt, von dem niemand etwas wissen darf?"
„Das wäre der Hammer."
Dann trennten sie sich.

Es war inzwischen elf Uhr geworden, doch Elena konnte sich nicht entschließen, schlafen zu gehen. Mit ihren Gedanken war sie bei Alex. Einer der Fensterflügel stand noch immer weit offen. Der sanfte Wind wehte zu ihr ins Zimmer.

„Guten Abend, Erdling!“
Elena erschrak. Auf dem Sims stand ein Ajinn.
„Hast du mich eben erschreckt.“
„Das wollte ich nicht. Ich habe von den Tannen aus Licht gesehen und dachte mir, schaue einfach mal rein. Du machst ein sehr nachdenkliches Gesicht.“
Elena seufzte, dann erzählte sie dem Ajinn von dem Schrei, den sie wieder gehört hatte. Plötzlich hellte sich ihr Gesicht auf. „Könntest du mir einen Gefallen tun?“, fragte sie das Ajinn.
„Lass hören!“
„Könntet ihr mal zu allen Fenstern in diesem Seitenflügel fliegen? Vielleicht habt ihr eine gute Sicht in die Räume.“
„Ist es wegen des Schreis?“
„Ja. Vielleicht wohnt dort jemand, von dem niemand etwas weiß oder wissen darf.“
„Gut, das machen wir gerne für dich. Wie ich vermute, noch heute Nacht!“
„Das wäre sehr lieb von euch. Vielen Dank!“

Als das Ajinn fort war, schaute Elena noch eine Weile zum Fenster hinaus in die mondhelle Nacht. Ein Nachtvogel schrie. Als Antwort bekam er ein lautes Wiehern.
Mit Herzklopfen wartete sie auf das Erscheinen der kleinen Wesen. Wie viel Zeit vergangen war, wusste sie nicht, als das Ajinn erneut erschien.
„Und?“, hauchte Elena.

„Alle Räume, in die wir reinsehen konnten, waren dunkel. Man konnte nichts erkennen. Nur im obersten Stockwerk, unterm Dach quasi, haben wir etwas gehört. Nichts gesehen, aber es war etwas zu hören. Husten und so ein Stöhnen."
„Wo genau war das?"
„Auf dieser Seite hier, ganz am Ende des Seitenflügels, aber noch vor dem Eckturm." Das Ajinn zeigte mit der Hand in die Richtung.
„Habt Dank", sagte Elena nochmals.
„Gerne zu Diensten, aber mache keine Dummheiten, Erdling."
Bevor Elena noch etwas erwidern konnte, hatte sich das Ajinn erhoben und war davon geflogen.

Elena war ganz froh, dass sie am nächsten Morgen beim Frühstück nur Rika antraf.
„Ich muss unbedingt mit dir etwas besprechen", begann sie. „Aber nicht hier drinnen. Lass uns ausreiten. Hoffentlich läuft uns Malvin nicht über den Weg."
„Keine Bange, auf dem Weg hierher bin ich Rudger begegnet, der mir gleich erzählen musste, dass Malvin recht angetrunken um Mitternacht heimgekommen ist. Der schläft sich jetzt sicher erst einmal aus."
Umso besser, dachte Elena, und sie verabredeten sich bei den Ställen.
Dort waren die Pferde bereits gesattelt.
„Nun, was gibt's denn?", fragte Rika.

„Kennst du eigentlich die Ajinn?"
„Kennen nicht, aber ich habe schon von ihnen gehört. Sie sollen klein sein, scheu und fliegen können."
„Genau, ich kenne sie auch persönlich."
„Echt?"
„Ja, durch Serafina, die weise Hexe. Die Ajinn haben mir einmal geholfen, aber das erzähle ich später mal. Aber du darfst niemandem von ihnen erzählen. Ich habe es ihnen auch versprechen müssen."
Dann berichtete sie von dem nächtlichen Besuch und was die Ajinn herausgefunden hatten.
„Mann, du meinst also wirklich, dass dort oben unterm Dach jemand wohnt, von dem niemand was wissen darf?"
„Ja, wenn es anders wäre, wüsstet ihr das doch. Könntest du dir vorstellen, mit mir dort oben mal nachzuschauen?"
Rika schien nicht lange zu überlegen.
„Klasse, dann passiert endlich mal was hier. Aber wer sollte dort wohnen?"
„Lass uns das herausfinden."

***

Elena war es schon etwas mulmig zumute, als sie an ihrem vierten Abend in der Burg auf Rika wartete. Sollten sie wirklich Detektiv spielen? Was ging es sie überhaupt an, ob dort oben jemand lebte? Andererseits war sie ja hierher gereist, um etwas über ihre Verwandtschaft zu erfahren und sie kennenzulernen.

Kurz nach zehn kam Rika mit einer Taschenlampe. Leise, obwohl hier im Seitenflügel niemand außer Elena wohnte, gingen sie nach einer kurzen Wartezeit zum Ende des Flures, wo ebenfalls eine Treppe in die übrigen Stockwerke führte. Brannte auf den Fluren eine Notbeleuchtung, so herrschte im Treppenhaus Dunkelheit. Als nichts zu hören war, knipste Rika ihre Taschenlampe an. Sie stiegen bis hinauf ins obere Geschoss. Dort war es allerdings auch stockfinster. Als sie an der letzten Tür ankamen, blieben sie stehen und lauschten. Nichts war zu hören.

Rika drückte die Klinke hinunter, aber die Tür ließ sich nicht öffnen. Doch ein Schlüssel steckte im Schloss. „Sollen wir?"

„Wenn wir schon so weit gekommen sind, können wir es auch versuchen."

Rika drehte den Schlüssel und drückte vorsichtig die Tür auf. Der Strahl der Taschenlampe glitt durch das Zimmer. Entlang an einem Schrank, einem Tisch mit einer Schüssel darauf. Einem Stuhl, über dessen Lehne Handtücher hingen. Dann erfasste er ein Bett, auf dem sich jemand bewegte. Elena suchte den Lichtschalter, drückte ihn nach unten. Der Raum erhellte sich nur spärlich, weil an der Decke lediglich eine nackte Glühbirne hing.

Die Mädchen fassten sich bei den Händen und gingen zusammen zum Bett. Doch was sie dort vorfanden, hätten sie niemals in ihrem Leben erwartet. Es war ein menschliches Wesen, eine Frau, die ihnen mit leerem Blick entgegenstarrte. Lange Haare umgaben ein schmales, fast eingefallenes Gesicht. Ihre Augen bewegten sich unruhig hin und her. Rika beugte sich plötzlich über die Frau und brachte nur ein einziges Wort hervor: „Mama!“

Elena wiegte Rika in ihren Armen, die noch immer schluchzte. Nachdem sie gesehen hatten, wer dort oben unter dem Dach lag, waren sie gleich in Elenas Zimmer zurückgeeilt.
„Meine arme Mutter“, weinte Rika. „Was ist mit ihr passiert? Ich habe geglaubt, sie ist verschwunden, dabei lebt sie hier wie eine Gefangene. Warum verschweigt Onkel Herold mir das?“
„Vielleicht hat sie den Tod deines Vaters nicht verkraftet und ist krank geworden. Dein Onkel wollte dich sicher damit nicht belasten.“ Etwas Dümmeres war Elena nicht eingefallen.
„Da hätte ich mich doch um sie kümmern können. Sie hätte doch die beste Pflege bekommen.“ Rika wurde allmählich ruhiger.
„Das tut mir alles so leid “, flüsterte Elena.
„Ich will jetzt allein sein“, hauchte das Mädchen und löste sich von Elena. „Ich lass mich morgen zum Frühstück entschuldigen. Ich muss das erst verarbeiten. Am liebsten würde ich Onkel Herold fragen, warum er mir verschwiegen hat, dass Mama noch lebt.“ Rika wischte sich mit ihrem Shirt die Tränenspuren weg und stand auf. „Danke, dass du da bist. Wir sind doch jetzt Freundinnen, oder?“
„Natürlich“, antwortete Elena, „das sind wir.“

Sie erhob sich ebenfalls, dann drückte sie Rika kurz und begleitete sie zur Tür. „Bis morgen. Ich komme gleich nach dem Frühstück zu dir. Wir sollten vorerst mit niemandem über unsere Entdeckung sprechen, ja?“
„Ich versuche es. Gute Nacht, Elena.“
Elenas Bauchgefühl sagte ihr, dass in dieser Burg etwas nicht mit rechten Dingen zuging.

Als Elena am nächsten Morgen dem Fürsten im Frühstückszimmer begegnete, fiel es ihr schwer, ganz ungezwungen auf ihn zuzugehen.
„Heute allein? Rika scheint wohl länger zu schlafen“, begrüßte er sie.
Im nächsten Moment erschien Malvin.
Elena blieb dem Fürsten eine Antwort schuldig.
„Morgen. Na, Kusinchen schläft wohl noch?“, fragte er frohgelaunt.
„Dafür bist du heute ja mal pünktlich, mein Junge“, bekam er von seinem Vater Antwort.
Malvin zog sich daraufhin etwas zurück, belud seinen Teller, schenkte sich Kaffee ein und setzte sich außer Reichweite seines Vaters. Sitzordnung beim Frühstück gab es nicht.
Alle drei aßen schweigend, bis die Fürstin hereinkam und ihnen freundlich einen guten Morgen wünschte. Sie holte sich einen Kaffee, essen tat sie nichts.

Zu Elenas Ärger setzte sie sich ihr gegenüber. Sie versuchte, Thoras Augen nicht zu begegnen, aber sie fühlte sich dennoch von ihnen traktiert.
„Und, wie gefällt es dir bei uns?", fragte die Fürstin plötzlich in die Stille hinein.
Elena hätte sich um ein Haar an ihrer Brotscheibe verschluckt. „Danke, es ist schön hier. Mit Rika habe ich mich angefreundet."
„Ah, das ist doch gut", erwiderte der Fürst anstelle seiner Frau. „Rika lebt hier mit Jungen zusammen, da ist es schön, dass sie in dir eine Freundin hat."
„Wo bleibt das Mädchen?", fragte Thora. „Sie ist sonst immer früh auf."
„Wir haben gestern Abend etwas lange geplaudert, sicher schläft sie sich jetzt aus." Sie aß den Rest ihres Frühstücks und stand auf. „Ich schaue mal nach ihr", sagte Elena und wünschte höflich einen schönen Tag, bevor sie das Zimmer verließ. Ein bisschen verwundert war sie schon, dass Malvin sich nicht wieder anbot, mit ihnen den Vormittag zu verbringen.

Auf dem Weg zu Rikas Zimmer begegnete Elena zuerst Rudger, der ihr nur einen knappen Gruß zuwarf, dann Berthe. Die junge Frau grüßte sie diesmal recht freundlich.
„Du willst sicher zu Rika. Falls ihr vorhabt, in die Stadt zu reiten, dann könnt ihr mir etwas mitbringen. Warte hier, ich schreibe es auf."

Berthe verschwand und kehrte wenige Minuten später mit einem Zettel zurück. „Hier steht es drauf. Rika weiß, wo sie es holen muss. Danke euch!“ Schon war die Dame verschwunden.
Elena schaute auf den Zettel und steckte ihn in ihre Hosentasche.
Sie klopfte an Rikas Zimmertür. Als sie nach dem dritten Versuch keine Antwort bekam, drückte sie die Klinke hinunter. Es war nicht abgeschlossen, doch das Zimmer war leer, das Bett unbenutzt. Oder Rika hatte es schon gemacht. Zum Frühstück konnte sie allerdings nicht gegangen sein, denn sonst wäre sie ihr begegnet. Außerdem hatten sie abgemacht, dass Elena nach dem Frühstück zu ihr kommen wollte.
Elena ging in ihr Zimmer, aber auch dort war das Mädchen nicht. Zudem betrat sie nochmals das Frühstückszimmer, aber es war leer.
Blieben nur noch die Ställe. Vielleicht verzichtete sie ja auf ein Frühstück und war zu den Pferden gegangen. Auf dem Weg dorthin begegnete ihr wieder die Fürstin, die sie aufhielt. Freundlich sagte sie: „Wenn du mal einen bestimmten Wunsch hast, was das Essen betrifft, dann sage es ruhig.“
„Danke, aber ich bin nicht wählerisch und esse alles.“
„Wie gesagt, wenn doch, dann immer heraus damit. Habt einen schönen Tag.“
Elena starrte der Fürstin, die ihr heute Morgen so überaus freundlich erschien, noch eine Weile nach, bevor sie die Stallungen betrat.

„Hallo?“, rief sie.
Ein junger Bursche mit rotem Struwwelkopf erschien. Es war der Pfleger.
„Ist das Fräulein schon hier gewesen?“, fragte Elena.
Der junge Mann schüttelte den Kopf. „Tut mir leid, heute noch nicht.“
Seltsam, wo mochte Rika sein? Sie eilte in die Burg zurück und schaute nochmals in ihrem Zimmer nach, leer. Dann ging sie direkt zum Arbeitszimmer des Fürsten. Nach ihrem Klopfen rief er: „Herein!“
„Nun, was gibt es, Elena? Ich hoffe, du hast keine Beschwerden.“
„Nein, es ist wegen Rika, ich kann sie nirgends finden.“
„Vielleicht ist sie ausgeritten.“
„Nein, ihr Pferd steht im Stall. In ihrem Zimmer ist sie auch nicht. Wir waren doch für heute verabredet.“
Elena fühlte sich irgendwie nicht wohl in ihrer Haut. Sie wurde das dumpfe Gefühl nicht los, dass etwas passiert war.

Das Komplott

Es war am Vorabend, an dem die Mädchen Rikas Mutter gefunden hatten, als Thora, ohne anzuklopfen, gegen 18 Uhr die privaten Räume von Herolds Mutter, der alten Fürstin Unna, betrat. Jana, die Pflegerin, begrüßte sie.
„Die Gnädige ist gerade eingeschlafen", erklärte sie der Besucherin.
„Ich wollte nicht meine Schwiegermutter sehen, sondern dich. Du hast mir doch ausrichten lassen, dass du mich sprechen willst. Lass uns dazu nach nebenan gehen."
„Ja, das habe ich. Es ist nämlich wegen der Irren da oben", begann Jana, als sie allein waren. „Ich habe vorhin noch einmal nach ihr gesehen, sie ist heute sehr unruhig. Unruhiger als sonst. Wir sollten ihr mehr Medizin geben."
Thora verzog ihr schönes Gesicht zu einer Grimasse.
„Dann gib ihr eben noch etwas mehr von dem Trunk. Hauptsache, sie ist ruhig."
„Neulich bin ich draußen hinter dem rechten Seitenflügel noch spazieren gegangen. Ist ja so ein herrliches Wetter. Da habe ich einen Schrei gehört. Zum Glück nur einen. Und er hörte sich auch nicht so laut an. Wir können sie trotzdem nicht mehr länger dort oben lassen. Irgendwann werden die anderen es sicher auch mitkriegen oder sie schreien hören, aber ..."
Thora fiel ihr barsch ins Wort. „Das ist ja wohl meine Sache. Du machst nur das, was ich dir auftrage."

„Klar, Sie sind die Fürstin." Jana senkte den Kopf. „Ich wollte es ja nur gesagt haben."
„Gut, dann geh wieder zu der Alten – so nannte Thora ihre Schwiegermutter –, ich werde später am Abend, wenn sich alle in ihre Räume verzogen haben und mein Gemahl sich mit seiner Lektüre beschäftigt, noch einmal zu der Irren reinschauen."
Auf dem Weg in den Küchenbereich, wo sie Mamsell Huberta noch ein paar Anweisungen für die kommenden Tage geben musste, bevor diese nach Hause ging, dachte Thora über Jana nach und darüber, wie sie diese zu ihrer Komplizin gemacht hatte:

Das war kurz nach dem vermeintlichen Verschwinden von Rikas Mutter Manda vor einem Jahr gewesen. Thora hatte damals ihre ungeliebte Schwiegermutter aufgesucht, um sich ein besonders kostbares Familien-Schmuckstück für einen Konzertbesuch mit dem Fürsten auszuleihen.
Als Thora vor dem offenen Wandsafe gestanden hatte, war ihr sofort aufgefallen, dass einige der Schmuckstücke – es waren nicht einmal die wertvollsten – fehlten. Dass dies so war, hatte sie ganz genau gewusst, denn sie kannte jedes einzelne Stück und würde sie alle eines Tages nach Unnas Tod bekommen. Die alte Fürstin selbst trug schon seit Jahren kein Geschmeide mehr. Thora hatte den Safe, ohne sich bedient zu haben, geschlossen und nach Jana, die den Zahlencode kannte, gerufen.

„Ich möchte dich sofort sprechen. In deinem Zimmer", hatte Thora der Pflegerin so leise zugeflüstert, dass es die alte Fürstin nicht hören konnte.
Jana war die einzige Bedienstete, die mit in der Burg wohnte. Sie hatte ein großes Zimmer gleich neben den Räumen von Fürstin Unna.
Jana hatte den Diebstahl, den ihr die Fürstin vorgeworfen hatte, energisch bestritten, jedoch nicht mit deren Hartnäckigkeit gerechnet. Schließlich war ihr keine andere Wahl geblieben, als den Diebstahl zuzugeben, und der Fürstin einige Schmuckstücke, die sie gut versteckt hatte, auszuhändigen.
„Bitte", hatte Jana gefleht. „Zeigen Sie mich nicht an. Ich lege alles wieder zurück. Ich habe es nicht für mich getan, sondern für meine Tochter, die in Oveda mit drei kleinen Kindern lebt, ohne Mann und nicht viel Geld hat. Es sind ja nicht die teuersten Stücke, aber das Geld, das meine Tochter für einige schon bekommen hat, hilft ihnen, über die Runden zu kommen."
„Was geht mich deine Familie an? Gestohlen ist gestohlen. Ich werde mit meinem Mann besprechen, was wir gedenken zu tun."
Aber Thora war plötzlich eine viel bessere Idee eingefallen, als die Pflegerin zu bestrafen. Sie hatte sie zu ihrer Komplizin und zu ihrem Handlanger gemacht. Jana hatte die gestohlenen Stücke wieder zurücklegen, und ein Schuldbekenntnis unterschreiben müssen, welches zur Kejida wandern würde, falls sie nicht tat, was Thora von ihr verlangte. Außerdem bekam die Pflegerin etwas mehr Lohn, um ihre Tochter zu

unterstützen. Letzteres hatte Thora nicht aus Mitgefühl getan. Nein, sie wollte Jana damit noch mehr in der Hand haben.

Es war gegen 23:30 Uhr, als die Fürstin das gemeinsame Schlafzimmer verließ.
„Wo gehst du hin?“, fragte Herold, der nicht einmal von seiner Lektüre aufschaute.
„Ich kann nicht schlafen und hole mir etwas zu trinken aus der Küche.“
Herold gab sich damit zufrieden und vertiefte sich wieder in sein Buch.
Thora musste sich selbst von der Unruhe ihrer Schwägerin Manda überzeugen. Jana hatte recht. Sie konnten nicht riskieren, dass jemand in der Burg herausbekam, dass Rikas Mutter noch lebte. Sie musste sich daher einen anderen Ort der Unterbringung einfallen lassen.
Doch als Thora im letzten Obergeschoss ankam, ihre Taschenlampe anknipste und über den langen Flur ging, hörte sie ein Geräusch, nein, es waren Schritte. Sie erschrak, dachte dann aber, es könne Jana sein, die bei der Irren war, um ihr noch etwas zur Beruhigung zu geben. Als Thora jedoch fast am Zimmer ihres Zieles war, glaubte sie, nicht richtig zu sehen. Ebenfalls mit einer Taschenlampe bewaffnet betrat Rika gerade den Raum ihrer Mutter.
Verdammt, das durfte nicht wahr sein! Woher wusste das Mädchen von diesem Ort? Thora presste ihre Lippen aufeinander, als sie auf die Tür zu ging. Ganz vorsichtig drückte sie die Klinke hinunter und öffnete sie. Im Schein der

Glühbirne sah sie Rika an Mandas Bett stehen. Thora handelte schnell. In wenigen Schritten war sie bei dem Mädchen. Grob schlug sie ihm mit der Taschenlampe gegen den Kopf.

Zehn Minuten später hatte sie Jana aus dem Bett geholt. Gemeinsam brachten sie zuerst Rika und dann deren Mutter über die Treppe des Seitenflügels in den Keller. Wie gut, dass Thora von dem Geheimgang wusste. Herold hatte ihr kurz nach der Heirat die Burg gezeigt und ihr auch von diesem unterirdischen Gang erzählt, der in der alten Jagdhütte im Wald endete, aber seit vielen Jahrzehnten nicht mehr benutzt wurde.

Rika und ihre Mutter wogen zwar nicht allzu viel, trotzdem waren Jana und die Fürstin ziemlich außer Atem, als sie die beiden in einem alten Verlies im Geheimgang abgelegt hatten.

Wo ist Rika?

Rikas Kopf schmerzte entsetzlich, als sie aufwachte. Sie öffnete die Augen und sah … nichts, absolut nichts. Panik breitete sich in ihr aus. Sie wollte schreien, aber kein Ton entwich ihrer Kehle. Ihr Hals war trocken wie ein altes Stück Brot. Wo war sie hier? Sie versuchte sich zu erinnern, aber davon schmerzte ihr Kopf nur noch mehr. Ihre Hände tasteten ihr Umfeld ab. Sie lag auf einer Pritsche oder einem Bett. Sie musste weg hier, auch wenn der Schädel dröhnte. Sie wollte aufstehen, aber ihre Beine gehorchten ihr nicht. Ihre Hände wanderten zu den Füßen. Was war das? Sie erschrak, als sie ein dickes Seil ertastete. Jemand hatte sie am Bettpfosten angebunden.

Angstschweiß brach aus. Sie sank zurück auf ihr Lager, lauschte in die Dunkelheit. Da drang ein Stöhnen an ihr Ohr. Sie war also nicht allein. Aber wer war noch hier? Wenn wenigstens ein Licht gebrannt hätte. Diese absolute Finsternis ängstigte sie.

„Ist da wer?“ Endlich kamen diese Worte über ihre trockenen Lippen, aber eine Antwort bekam sie nicht. Wenn nur diese Kopfschmerzen nicht wären. Wenn sie ihren Schädel ganz ruhig hielt, ging es. Irgendwann schlief sie dann ein und wachte auf, als jemand sie an der Schulter rüttelte.

„Aufwachen!“, drang eine Stimme in ihr Bewusstsein. Diesmal brannte eine nackte Glühbirne, die von der Decke herunterhing.

„Es gibt was zu essen.“

„Wo bin ich hier?", hauchte sie und musste gleich darauf husten. „Was wollt ihr von mir?"
„Stell keine Fragen, sondern iss."
Ein recht wackliger Tisch wurde neben ihr Lager gestellt, auf dem ein Teller mit belegten Broten sowie ein großes Glas Wasser standen.
Ihr Blick glitt zu der Person, die da sprach. Im ersten Moment war sie ihr unbekannt, doch Sekunden später erinnerte die Frau sie an jemanden, aber sie kam nicht darauf, an wen.
Dann schaute sie zur Seite, von wo sie das Stöhnen vernommen hatte. Aber sie sah niemanden.
„Bin ich allein hier?", fragte sie.
„Wie du siehst, ja. Nun iss, ich habe keine Zeit, mich zu unterhalten."
„Aber warum bin ich hier?"
„Stell nicht so viele Fragen, das habe ich dir schon einmal gesagt. Ich folge nur den Anweisungen, die ich bekomme und jetzt genug. Ich hole später das Geschirr."
Das Brot sah noch nicht einmal unappetitlich aus, aber sie würde keinen Bissen herunterbringen, nur Durst hatte sie, entsetzlichen Durst.
Die Frau erschien wieder, sagte nichts über den noch vollen Teller und wollte damit verschwinden, als Rika zur Toilette musste.

***

Nachdem Elena ihre neu gewonnene Freundin nicht hatte finden können, ging sie wieder in ihr Zimmer. Sie überlegte. Vielleicht war Rika ja zu ihrer Mutter ins Dachgeschoss gegangen? Ein Hoffnungsschimmer machte sich breit. Von der Familie würde sich sicher niemand dort im Seitenflügel verlaufen, zum Saubermachen hatten sie ja ihre Dienstboten. So machte sich Elena auf den Weg in das Dachgeschoss, immer auf Vorsicht bedacht, dass sie ja keinem der Dienstmädchen begegnete. Aber sie hatte Glück. Dann stand sie vor der Tür, hinter der sie und Rika am Vorabend die schreckliche Entdeckung gemacht hatten. Der Schlüssel steckte. Elena legte ihr Ohr an das Holz, lauschte. Dabei pochte ihr Herz immer heftiger. Was, wenn jetzt jemand herauskam und fragte, was sie hier zu suchen habe?
Elenas Verstand riet ihr, sich zurückzuziehen, aber ihre Unruhe über Rikas Ausbleiben war stärker. Sie drückte die Klinke nach unten. Die Tür gab nach. Elena spähte durch den Spalt ins Innere des Raumes.
Was sie sah, ließ ihr das Blut in den Adern gefrieren. Ihr Atem ging etwas rascher, als sie in das Zimmer huschte, in dem gestern Nacht noch Rikas Mutter gelegen hatte. Jetzt war es unbewohnt. An einer der Wände stand der Schrank, in der Mitte der Tisch und der Stuhl, wie am Abend davor. An einer anderen Wand das Bett, auf dem eine geblümte Tagesdecke lag.
Sie verließ das Zimmer. Dann schaute sie noch in die anderen, die allesamt entweder leer oder mit abgedeckten Möbeln vollgestellt waren.

„Was machen Sie hier, Fräulein?“, hörte sie plötzlich eine Stimme.
Elena fuhr herum und stand einem Dienstmädchen gegenüber, das sie noch nie gesehen hatte.
Elena war klug genug, den wahren Grund ihres Hierseins zu verschweigen.
„Die Nichte des Fürsten ist verschwunden. Ich habe sie gesucht. Ich bin übrigens Elena, ein Gast des Hauses.“
„Hier oben ist das Fräulein sicher nicht.“
„Wenn jemand verschwunden ist, darf man nichts auslassen.“
„Aber nach hier oben verirrt sich niemand der Herrschaft. Ich bin Frida. Ich arbeite in der Küche und säubere von Zeit zu Zeit die Flure hier im oberen Stockwerk.“
„Dann will ich Sie nicht aufhalten“, erwiderte Elena und machte, dass sie fort kam.
Wusste diese Frida etwa von dem Zimmer, in dem Rikas Mutter untergebracht war?

Beim Mittagessen fiel Rikas Abwesenheit gleich auf.
„Es ist nicht ihre Art, einfach fortzugehen, ohne uns etwas zu sagen“, meinte die Fürstin, als ihr Mann sich nach dem Verbleib der Nichte erkundigte.
„Ich habe sie auch gesucht“, meldete sich Elena zu Wort. „Ich war sogar ganz oben“, sie schaute dabei den Fürsten an, um zu sehen, wie er reagierte. „Ich hoffe, Sie hatten nichts dagegen, Herr von Kaldam.“

Wenn der Fürst etwas wusste, so ließ er es sich nicht anmerken. „Ich finde es nett von dir, Elena. Aber du kannst mich Fürst Herold nennen. Wenn Rika nicht wieder auftaucht, muss ich die Kejida verständigen. Ihre Mutter ist vor einem Jahr ebenfalls verschwunden. Sie wurde bis heute nicht gefunden."
„Da stimme ich dir zu, mein lieber Mann", erwiderte Thora. „Aber ich glaube, dass Rika bald wieder auftaucht. Wer weiß, was in den Köpfen junger Mädchen manchmal vorgeht."
Elena beobachtete sowohl die Fürstin als auch Malvin und Rudger sehr genau. Gunnar und seine Frau Berthe nahmen nicht am Mittagessen teil. Elena fand, dass sie sich wohl alle sorgten. Aber irgendjemand spielte ein falsches Spiel, dachte sie. Während sie alle schweigend ihr Mahl verzehrten, verwandelte sich Elena in eine stille Beobachterin und hoffte, dass es keinem der Anwesenden auffallen würde.

Dass Rika auch zum Abendessen nicht erschien, war der besorgten Elena klar, denn sie glaubte nicht, dass ihre neu gewonnene Freundin so verantwortungslos war und einfach verschwand. Später in ihrem Zimmer starrte sie aus dem Fenster. Sie hoffte, dass die Ajinn auf sie aufmerksam wurden. Wie erwartet erschien auch eines der Wesen prompt auf ihrem Fenstersims.
„Du bist in Sorge, Erdling?" Obwohl sich die Ajinn äußerlich ähnelten, gab es doch gewisse Unterschiede in der Stimme.

Es war das Ajinn, das auch schon an den vorherigen Abenden bei ihr gewesen war.
„Ja", antwortete Elena und erzählte ihm, was passiert war.
„Du glaubst also, dass jemand von der Familie etwas mit dem Verschwinden des Mädchens zu tun hat?"
„Ja. Auch dass das Zimmer, in dem wir Rikas Mutter gefunden haben, plötzlich unbewohnt ist. Das kommt mir doch sehr verdächtig vor. Das ist alles meine Schuld. Ich habe Rika ja dazu aufgefordert, dort oben mal nachzuschauen."
„Schuld sind bestimmt andere, nicht du. Doch sag, wie können wir dir helfen?"
„Du erinnerst dich noch, als ihr uns drüben in Sidoc geholfen habt, diesen Verwalter Simkel zu beobachten?"
„Das haben wir nicht vergessen. Also sollen wir hier aufpassen, was die Burgbewohner so machen?"
„Das wäre echt super. Ihr findet mich am Abend immer hier."
Das Ajinn zwinkerte mit den Augen und flog davon.

Elena stand noch eine ganze Weile am Fenster und starrte in die beginnende Dunkelheit. Vielleicht hätte sie ja die Ajinn bitten können, in alle Fenster im Obergeschoss reinzuschauen, auch im Haupthaus sowie in dem linken Flügel, aber ihr Bauchgefühl sagte ihr, dass weder Rika noch deren Mutter noch irgendwo in der Burg waren.
Sie brauchte unbedingt neben den Ajinn einen weiteren Verbündeten. Aber wen? Wem konnte sie sich anvertrauen, vielmehr, wem konnte sie vertrauen? Malvin fiel ihr ein.

Der Junge hatte sie von Anfang an angehimmelt, auch vorhin wieder, als er sie nach dem Abendessen gefragt hatte, ob sie noch mit ihm ausreiten würde. Seine Brüder kamen nicht in Betracht, denn die hatten bisher noch kaum etwas mit ihr geredet, außer mal eben einen Gruß. Sie musste es einfach bei Malvin versuchen und hoffen, dass er ihr half, ohne dass sie ihm ihre wahre Herkunft mitteilte.
Mit diesem Vorhaben schlief sie später ein.

***

Die Zeit erschien Rika wie eine Ewigkeit. Irgendwann brachte die Frau ihr wieder zu essen. Diesmal nahm sie etwas davon und trank von dem Wasser, das ihren Durst stillte. Als die Kopfschmerzen endlich verflogen waren, kam mit einem Schlag die Erinnerung. Sie und Elena waren in das Zimmer im oberen Stock gegangen. Dort hatten sie ihre Mutter gefunden, die seit einem Jahr verschwunden war.

Nachdem sie sich später vor Elenas Zimmer gute Nacht gesagt hatten, hatte Rika dem Drang einfach nicht widerstehen können, noch einmal in das Zimmer hinaufzugehen. Während sie am Bett ihrer Mutter gestanden und mit den Tränen gekämpft hatte, musste sie überhört haben, dass jemand das Zimmer betreten hatte. Kurz darauf hatte sie einen Schlag gegen den Kopf bekommen und war ohnmächtig geworden.

***

Am zweiten Morgen nach Rikas Verschwinden traf Elena auf dem Weg zum Frühstücksraum Thora, die sich mit einer kleinen, etwas molligen Frau in weißer Schürze unterhielt. Als Elena freundlich grüßend an ihnen vorbei ging, drehte sich Thora um. „Rika ist noch immer nicht da, deshalb ist mein Mann heute in die Stadt zur Kejida gefahren."
„Gut", erwiderte Elena. „Ich hoffe, dass man sie bald findet."
„Diese Hoffnung teilen wir alle. Einen schönen Tag."
Elena, die immer Menschen, mit denen sie sprach, in die Augen sah, fiel es weiterhin schwer, mit Thora Blickkontakt zu haben. Nur ganz kurz, vielleicht eine Sekunde, blickten sie sich in die Augen. Lange genug jedoch, um Elena einen Schauer über den Rücken laufen zu lassen.
Diese Frau war ihr unheimlich.

Malvin wollte gerade in den Frühstücksraum, als Elena ihn verließ.
„Morgen, morgen!", wünschte er ihr. „Von der lieben Rika noch immer keine Spur?"
Elena verneinte, erzählte ihm aber, dass sein Vater zur Kejida fahren wolle. Dann fasste sie Mut und bat ihn, in einer Stunde bei den Stallungen zu sein.
„Diese Verabredung verpasse ich auf keinen Fall." Er lachte sie an. „Dann bis später."

Elena stand an der Box einer Stute und streichelte ihr den Hals, als Malvin kam.

„So, da bin ich.“ Er strahlte sie übers ganze Gesicht an.

„Lass uns ausreiten, ich brauche unbedingt deine Hilfe.“

„Dann raus damit, was gibt's?“

„Nicht hier.“

Da gerade niemand im Stall war, sattelte Malvin die Pferde selbst. Kurz darauf ritten sie über eine Wiese hinüber zum nahen Wald.

„Nun, dann lass mal hören“, forderte er sie auf.

Bevor Elena wieder den Mut verlor, sagte sie: „Das, was ich dir jetzt erzähle, muss unter uns bleiben. Die Betonung liegt auf *muss*. Kannst du ein Geheimnis für dich behalten, ohne gleich den anderen davon zu erzählen?“

„Du machst es aber spannend. Klar kann ich etwas für mich behalten. Für wen hältst du mich?“

Elena zögerte. Sollte sie Malvin wirklich einweihen? Aber er war der Einzige, den sie in dieses Geheimnis mit einbeziehen konnte.

„Rikas Mutter lebt.“ So, jetzt war die Katze aus dem Sack.

„Waaas? Woher willst gerade du das wissen?“

„Weil Rika und ich sie gesehen haben.“

Nachdem er Elenas Bericht zugehört hatte, blieb es einen Moment still. Elena ahnte nicht, was in dem Moment hinter Malvins Stirn vorging.

Dann stieß er die Luft aus.

„Pah! Und du bist sicher, dass Rikas Verschwinden mit der Entdeckung ihrer Mutter oben im Dachgeschoss zusammenhängt?"
„Ich vermute es. Ich bin ja gestern, nachdem Rika fort war, noch einmal hoch, weil ich dachte, sie wäre bei ihrer Mutter. Aber dort war nichts mehr außer den Möbelstücken."
„Und wenn du dich im Zimmer geirrt hast?"
„Habe ich nicht, es war der letzte Raum im Seitenflügel."
Malvin schien zu überlegen, dann sagte er: „Wenn das alles wirklich wahr ist, warum hat man verheimlicht, dass Rikas Mutter, also meine Tante Manda, nicht verschwunden ist, sondern noch lebt?"
„Ich weiß es nicht. Sie sah jedenfalls sehr krank und abgemagert aus."
„Ich weiß es auch nicht. Aber das würde ja bedeuten, dass jemand von meiner Familie dahintersteckt. Das wäre ja grausam. Ich kann das einfach nicht glauben."
„Ich bin zwar erst ein paar Tage bei euch zu Besuch, aber es fällt mir auch schwer, so etwas zu glauben."
„Was sollen wir beide jetzt machen?"
„Ich will herausfinden, wo Rika sein könnte und natürlich ihre Mutter. Dazu brauche ich deine Hilfe."
„Oh, Mann, ich wollte schon immer mal Detektiv spielen. Wie stellst du dir unser Vorgehen vor?"
„Du kennst dich doch in eurer Burg aus. Wir sollten sie auf unsere Weise und ganz unauffällig durchsuchen. Du bittest deinen Vater, ob er damit einverstanden ist, wenn du mir

die Burg zeigst. Ich werde ihn wissen lassen, dass ich mich darüber sehr freuen würde."
„Da sagt er sicher nicht Nein. Aber zuerst warten wir den Besuch der Kejida ab."

Am Nachmittag fuhren zwei Mobile der Kejida vor. Alle Familienmitglieder einschließlich Elena hatten sich in dem Raum versammelt, in dem sie und Serafina vor Tagen gewartet hatten.
Drei Uniformierte standen da und befragten alle, wann sie Rika zuletzt gesehen hatten. Die Familie gab an, dass sie das Mädchen vorgestern beim Abendessen zum letzten Mal gesehen hatte.
„Unser Gast Elena ist oft mit Rika zusammen", berichtete der Hausherr.
„Ja, das stimmt", erwiderte diese, als einer der Hüter sie anschaute. „Wir waren vorgestern Abend noch zusammen. Ich habe nicht auf die Uhr geguckt, als sie schlafen ging. Es war allerdings schon dunkel. Seitdem habe ich sie auch nicht mehr gesehen."
Elena war es ganz mulmig zumute, als sie den Oberhüter anlog. Aber sie konnte ja schlecht die Wahrheit sagen, ohne der Familie etwas zu unterstellen und vor allem ohne einen Beweis.
„Wir haben meine Nichte schon im ganzen Haus gesucht", mischte sich auch Thora ein. „Sie ist sonst immer sehr zuverlässig und sagt stets, wenn sie fortgeht."

„Wir werden dennoch überall in der Burg suchen, das ist die Regel. Wir würden Sie bitten, hier zu bleiben. Herr von Kaldam, wenn ich Sie bitten dürfte, uns zu begleiten."

Nachdem die Uniformierten in Begleitung des Hausherrn gegangen waren, ging ein Raunen durch den Raum. Elena stand etwas abseits. Sie achtete gar nicht auf das, was die anderen redeten.
Da trat Malvin zu ihr. „Vielleicht ist sie zu ihrem Bruder", meinte er.
„Dann hätte sie Bescheid gesagt."
„Stimmt auch wieder. Andererseits würde sie dort auch nicht über Nacht bleiben."

Elena kam es wie eine Ewigkeit vor, bis der Fürst mit den Uniformierten zurückkehrte. Natürlich, ohne Rika gefunden zu haben.
„Wir werden überall in der Umgebung die Leute befragen und in Miara ebenfalls", versprach der Oberhüter, bevor er sich mit seinen Männern verabschiedete.
Elena und Malvin blieben noch stehen, als die anderen Familienmitglieder nacheinander gegangen waren.
Als Berthe an ihnen vorbei kam, meinte sie zu Elena gewandt: „Rika hat wirklich nichts zu dir gesagt?"
Elena schüttelte den Kopf. Berthe schien sich wirklich Sorgen zu machen. Oder tat sie nur so?

Elena brauchte Zeit zum Nachdenken, obwohl es sie drängte, nach Rika zu suchen. Malvin hatte zwar vorgeschlagen, dass sie zusammen zu den Pferden gehen könnten, doch Elena vertröstete ihn bis nach dem Abendmahl. In ihrem Zimmer ließ sie sich erst einmal auf ihr Bett sinken. Ihre Gedanken gingen in alle Richtungen. Dass Rika in der Burg nicht gefunden wurde, war ihr klar. Elena konnte nicht anders als denken, dass jemand von der Familie etwas mit dem Verschwinden zu tun hatte. Bisher hatte Elena nämlich noch keine Fremden in der Burg gesehen.

Sie musste an die Zeit in Sidoc denken. An das Gewölbe, wo Alex' Vater seine Gefangenen gehalten hatte. Sie dachte auch an den Verwalter Simkel, den unehelichen Sohn von Fürst Walgor, der Alex nach dem Leben getrachtet hatte, um danach selbst der neue Herr von Sidoc zu werden. Was, wenn Rika auch so etwas bevorstand? Aber was war bei ihr der Grund des Verschwindens? Und warum verschwiegen alle, dass Rikas Mutter noch lebte?
Irgendetwas mit dieser Familie stimmte nicht, dessen war sich Elena am Ende ihrer Überlegungen sicher. Sie hoffte nur, dass Malvin dichthielt, sonst konnte sie ihren Aufenthalt hier abbrechen, und keiner würde erfahren, dass sie ein Nachkomme von Jinni von Kaldam war, die vor über 200 Jahren in eine andere Welt geflohen war.

Nach dem Abendessen traf sich Elena mit Malvin bei den Pferden auf der großen Koppel.

„Wie sollen wir jetzt vorgehen?", wollte er wissen.
„Du zeigst mir die Burg und alles, was zu eurem Besitz gehört. Ihr habt doch bestimmt auch einen großen Keller, ein Gewölbe, wo eure Vorfahren früher die Gefangenen eingesperrt haben."
„Du meinst wohl eine Folterkammer? Die gibt es, aber dort unten werden sicher schon seit vielen hundert Jahren keine Leute mehr gefangen gehalten. Es gibt einen Weinkeller und, soviel ich weiß, stehen dort unten alte Möbel. Sicher haben die Kejida dort auch nachgeschaut, als sie Rika suchten."
„Ich kann mir nicht vorstellen, dass Rika eine Vorliebe für den Keller hat", erwiderte Elena lächelnd. „Aber vielleicht gibt es dort unten ja Geheimgänge oder so etwas in der Art."
„Sag mal, ganz ehrlich, glaubst du wirklich, dass meine Familie etwas mit dem Verschwinden von Rika zu tun hat?"
„Ich möchte es gerne nicht glauben, denn ich mag deinen Vater. Der Rest deiner Familie ist auch sehr freundlich zu mir." Elena verschwieg allerdings, dass die Augen seiner Mutter ihr Angst einflößten. Sie sprach weiter. „Wie erklärst du dir dann, dass in einem entfernten Zimmer im obersten Stockwerk deine angeblich vor einem Jahr verschwundene Tante wohnte? Völlig verwirrt, wie mir scheint."
„Ich habe sie ja nicht gesehen, nur du und Rika."
„Wie sah deine Tante aus? Beschreibe sie mir."
„Oh, Mann, was erwartest du von mir? Ich könnte dir nicht einmal meine eigene Mutter beschreiben, obwohl ich sie

täglich sehe. Ich zeige dir morgen die Galerie, dort hängen alle Bilder, auch die von Verstorbenen."
Elena gab sich vorerst damit zufrieden, dann schlug sie ihm vor, mit ihr in das Dachzimmer zu gehen. Vielleicht würden sie doch einen Hinweis finden, dass dort jemand gelebt hatte.
„Gut, wenn es dich beruhigt. Ich treffe dich dann so um zehn, wenn es dir recht ist. Rudger und ich wohnen im Hauptgebäude im zweiten Stock, also quasi über meinen Eltern. Um diese Zeit wird niemand merken, dass ich mein Zimmer verlasse. Rudger stört das sowieso nicht. Ich komme über das Dachgeschoss, dort haben früher mal die Dienstboten gewohnt, bevor sie alle nach Kaldamswied zogen, die kleine Siedlung ganz in der Nähe. Heute steht dort oben alles leer."
„Super, bring aber eine Taschenlampe mit."

So geschah es.
Pünktlich zur verabredeten Zeit huschte Elena aus ihrem Zimmer und ging am Ende des Ganges über die Treppe nach oben. Gut, dass Malvin schon mit der Taschenlampe auf sie wartete. Vorsichtig, obwohl sie allein im Seitenflügel waren, ging Malvin hinter Elena her. Bei der betreffenden Tür blieb sie stehen und drückte die Klinke hinunter. Die nackte Birne an der Decke warf fahles Licht in den Raum, als sie ihn durchsuchten. Der Schrank war leer, doch als Elena die Überdecke vom Bett zurückschlug, sahen sie, dass das Bettzeug zerknittert war. Als Malvin mit seiner

Taschenlampe über Decke und Kissen leuchtete, bemerkten sie, dass beides befleckt war. Bei näherer Betrachtung fanden sie sogar Haare auf dem Kopfkissen.
„Schau mal“, forderte er Elena auf. „Blonde lange Haare. Ich glaube, das ist der Beweis, dass ihr recht hattet.“
Vorsichtig deckten sie das Bett wieder ab und verließen den Raum.
„Wenn wirklich meine Familie hinter alldem steckt, dann würde ich gerne wissen wollen, warum? Warum tun sie das?“
Darauf wusste auch Elena keine Antwort. Malvin tat ihr in diesem Moment leid. Dann erinnerte sie sich an die Narbe, die sie unter einem Auge von Rikas Mutter gesehen hatte.
„Hatte deine Tante eine Narbe im Gesicht?“
„Ja, stimmt, unter dem rechten Auge. Daran erinnere ich mich komischerweise. Keine Ahnung, woher sie die hatte.“
„Da hast du einen weiteren Beweis. Wann fangen wir morgen an zu suchen?“ Elena war mit einem Male sehr aufgeregt.
„Wir müssen vorsichtig sein. Hier in der Burg haben die Kejida ja nichts gefunden. Im Keller waren sie sicher auch.“
„Trotzdem sollten wir ihn uns zuallererst vornehmen.“
„Gut, treffen wir uns morgen zum Frühstück.“
„Aber nicht verschlafen“, kam es Elena spontan über die Lippen.
Malvin lachte nur, dann ging jeder in sein Zimmer.

***

Rika schreckte aus einem Traum auf, der von ihrer Mutter gehandelt hatte. Ihr Herz raste, als sie die Augen öffnete und in die Dunkelheit ihres Gefängnisses starrte. War es Tag oder Nacht? Sie hatte keinerlei Zeitgefühl. An Schlaf war nicht mehr zu denken. Dann ging irgendwann die Tür auf. Auch wenn die Glühbirne nur mattes Licht spendete, musste Rika geblendet die Augen schließen.
„Was wollt ihr von mir?“, rief sie voller Furcht. „Ich habe doch niemandem etwas getan.“
„Sei still“, flüsterte eine männliche Stimme. „Je weniger du weißt, umso besser.“
Dann trat die Frau zu ihr, der Mann hielt sich außerhalb des Lichtkegels. Sie löste das Seil von ihren Füßen und wollte ihr gerade die Augen mit einem Schal verbinden, als Rika sie zurückstieß. Voller Panik sprang sie von dem Eisenbett. Doch sie hatte nicht mit dem Mann gerechnet, der sie sofort festhielt.
„Lassen wir die Augenbinde. Sie weiß ohnehin nicht, wo sie ist“, befahl er der Frau. Jedoch banden sie ihr die Hände auf dem Rücken zusammen.
„Je weniger du dich wehrst, umso weniger wird dir passieren.“ Das war wieder der Mann, dessen Gesicht Rika für kurze Augenblicke hatte sehen können. Aber er kam ihr nicht bekannt vor.

***

„Selbstverständlich habe ich nichts dagegen, wenn du unseren Gast in der Burg herumführst“, meinte Fürst Herold. „Natürlich ausgenommen unserer Privaträume.“
„Na klar, Vater.“
„Vielen Dank!“, erwiderte Elena.
Dann verließen beide das Arbeitszimmer des Fürsten.
„Wo sollen wir anfangen?“, wollte Malvin wissen.
„Unten im Gewölbe.“
„Du scheinst von der fixen Idee befallen zu sein, dass es dort unten Geheimgänge gibt?“
„Warum nicht? In den meisten Burgen oder Schlössern ist das doch so.“
„Kennst du denn viele?“
Elena musste höllisch aufpassen, dass sie sich nicht verplapperte. „Nö, eigentlich nur die Burg in Turadero, die einem grausamen Fürsten gehörte.“
„Ja, hab davon gehört. Warst du denn mal dort drin?“
„Natürlich nicht“, log sie. „Aber es gibt so Gerüchte, die von den Dienstmädchen erzählt wurden. Komm, lass uns jetzt gehen.“

Sie gingen über die Treppe im Mittelbau. Selbst der Keller war matt beleuchtet. So kamen sie ohne zusätzliche Taschenlampe aus. Malvin zeigte Elena den Weinkeller, einen Vorratskeller, der gut bestückt war, und eine große Waschkammer, wo gerade zwei Frauen dabei waren, Wäsche zu waschen. Sie grüßten und gingen weiter.

Einige Räume waren abgeschlossen, in anderen standen Möbel oder verschlossene Kartons. Dann bogen sie in den linken Seitenflügel. Auch dort waren die meisten Räume verschlossen. Die, die offen standen, bargen ebenfalls Möbel oder Kartons mit alten Spielsachen. Enttäuscht darüber, keine Spur von Rika oder von einem geheimen Gang gefunden zu haben, machten sie sich auf den Weg in den rechten Seitenflügel. Gleich zu Anfang blieb Malvin vor einer recht breiten Doppeltür mit einem Fenster in der Mitte stehen.
„Hier ist die ehemalige Folterkammer." Dabei lächelte er und öffnete einen der Flügel. „Du wirst gleich staunen."
Elena trat ein, nachdem Malvin Licht gemacht hatte. Sie staunte wirklich nicht schlecht. Es war übrigens der einzige Raum dort unten, der angenehme Wärme ausströmte. Wohl der Bilder wegen.
„Wie du siehst, erinnert hier nichts mehr an eine Folterwerkstatt. Gefangene hat es hier vor vielen hundert Jahren mal gegeben. Mein Großvater hat hier die neue Ahnengalerie geschaffen, nachdem die alte, die gleich nebenan war, zu klein geworden ist."
Elenas Blick wanderte über die Gemälde und Fotografien, die die Wände zierten. „Sind das alles eure Ahnen?"
„Ja, denke schon. Aber frage mich nicht, wie die alle heißen, dafür habe ich mich nie interessiert." Malvin ging auf ein Bild zu. „Das sind meine Eltern, daneben meine Großeltern."
Dann zeigte er auf drei Fotografien, die Malvin und seine Halbbrüder zeigten.

„Gibt es auch Fotos von Rikas Familie?"
„Klar, hier, gleich neben meinen Eltern sind Tante Manda und ihr Mann Tabor, also Papas Bruder. Von Rika gibt es noch kein Bild, erst mit siebzehn dürfen ihre Portraits in der Galerie hängen, das ist wohl so eine alte Familientradition."
„Darf ich mir mal alle Bilder genauer angucken?"
„Klar, aber wie gesagt, frag mich nicht, wer wer ist."
Elena hatte nicht unbeabsichtigt gefragt, sie wollte wissen, ob Jinni von Kaldam auch hier in der Galerie hing. Sie war ja schon siebzehn gewesen, bevor sie verschwand.
Während Malvin es sich – eher gelangweilt – auf einer Sitzgruppe, die in der Mitte des Raumes stand, bequem gemacht hatte, ging Elena an den Bildern entlang, bis sie fand, was sie suchte: Jinni und drei junge Männer. Das mussten wohl ihre Brüder sein. Gleich darüber hing ein größeres Bild, ein Paar, Jinnis Eltern. Man konnte die Ähnlichkeit zwischen Mutter und Tochter sehr genau erkennen. Und Elena sah noch etwas: Sowohl Jinni als auch ihre Mutter trugen auf dem Bild das goldene Medaillon.
„Brauchst du noch lange?" Malvin schien es langweilig zu werden. „Hier wirst du auch keinen Geheimgang finden."
Elena löste sich von den Fotos und ging zu Malvin.
„Ich möchte noch die anderen Räume hier unten sehen, bitte."
„Wenn es dich beruhigt, dann komm."
Nachdem sie den Raum verlassen hatten, öffnete Malvin die nächste Tür. „Hier war die alte Galerie", erklärte er ihr.

Ein defekter Leuchter hing an der Decke. Nur noch die Hälfte der Glühbirnen brannte. Aber es war hell genug. Zwei der Wände zierten etliche Nägel, an denen einst die Bilder aufgehängt waren. Spinnweben zierten die Decke. An einer dritten Wand standen einige Holzregale, auf denen verstaubte Bücher und jede Menge Papier lagen. Elena ging auf ein Regal zu, weil ein Buch in Übergröße ihre Aufmerksamkeit erregte. In dem Augenblick, als ihre Finger besagtes Buch berührten, hörte sie ein Knacken. Sie erschrak zuerst, sah dann erstaunt, wie sich das Regal zur Seite bewegte und eine dunkle Holztür sichtbar wurde.

„Malvin!“, rief sie. „Komm her, ich habe etwas gefunden.“

Malvin kam sofort und starrte ebenfalls auf die Tür.

„Denkst du, es ist eine Geheimtür? Wie hast du die denn gefunden?“

„Ich habe nur das Buch berührt, schon hat sich das Regal zur Seite bewegt. Komm, lass uns nachschauen.“

Elena schob den Riegel zur Seite und zog an der Tür, die sich mit einem leisen Quietschen öffnen ließ.

***

Rika konnte kaum Schritt halten mit der Frau, die sie am Oberarm gepackt hatte und vor sich her schob. Der Mann ging vorne weg. Nachdem sie den Raum, in dem sie gefangen gewesen war, verlassen hatten, waren sie immer geradeaus gegangen. Einen langen Gang, vermutete Rika. Die Luft war stickig und trocknete ihre Kehle noch mehr aus.

„Weißt du, wie weit es noch bis zu dieser Eisentür ist?“, fragte der Mann.
„Kann nicht mehr sehr weit sein“, antwortete die Angesprochene.
„Wo bringt ihr mich hin?“, fragte Rika, bekam aber nur ein: „Wirst du schon sehen“, zur Antwort.
Rika wusste nicht, wie lange sie immer geradeaus gelaufen waren, bis sie zu dieser Eisentür kamen.
„Der Schlüssel steckt.“ Er drehte ihn zweimal im Schloss herum, zog ihn heraus und öffnete die Tür. Dann winkte er der Frau, die Rika noch immer am Oberarm festhielt. „Hier geht es weiter. Macht schon“, befahl er.
Dann standen sie in einem schmalen Gang. Der Mann schloss die Eisentür hinter ihnen zu.
„Lass den Schlüssel nicht stecken“, rief die Frau.
„Das weiß ich selbst.“ Die Männerstimme hörte sich etwas verärgert an, fand Rika.
Der Schein seiner Taschenlampe fiel zuerst auf eine Leiter, dann richtete er den Strahl auf Rika. Geblendet schloss sie die Augen. Der Mann stieg über einige Sprossen hoch, öffnete eine Bodentür und verschwand.
„Los, steig nach oben“, befahl daraufhin die Frau. Sie schob Rika grob voran, die Sprossen hoch.
Nachdem der Mann hinter ihnen die Luke wieder geschlossen hatte, stieß die Frau Rika in einen großen Raum zu einem Stuhl.
„Setz dich! Hier wirst du vorerst bleiben, bis wir über dein weiteres Schicksal entschieden haben.“

Rika starrte die Frau an. „Was ist mit meiner Mutter? Was habt ihr mit ihr gemacht?"
„Dumm von dir, dich dort oben umzusehen", meldete sich daraufhin der Mann zu Wort. „Deine Neugier hat dir keinen Gefallen getan."
„Ich war nicht allein dort oben …"
Rika brach abrupt ab, als ihr bewusst wurde, dass sie gerade verraten hatte, dass Elena auch dabei gewesen war.
„Wir haben schon dafür gesorgt, die Spuren zu beseitigen. Wer immer jetzt noch behauptet, im Obergeschoss wohnt eine Verrückte, wird sich wohl blamieren."
Die Frau lachte.
„Jetzt lass uns gehen", erwiderte der Mann. Ungeduld klang in seiner Stimme.
Die Frau machte Rika die Hände los.
„Du kannst dich hier im Haus frei bewegen, aber lass dir gesagt sein, dass Fliehen unmöglich ist. Nebenan kannst du dich waschen. Eine Toilette findest du auch. Wir sind ja keine Unmenschen. Elektrische Beleuchtung gibt es hier nicht. Wir lassen dir die Taschenlampe da, aber sei sparsam damit."
Die beiden verließen das Haus und schlossen ab.
Rika war erst einmal starr vor Schreck, dann kam Bewegung in sie. Sie stand auf und schaute sich um. Die zwei Fenster, durch die sie nur Bäume sehen konnte, waren vergittert. Sie ging in den kleinen Flur. Die Haustür bestand aus dickem Eichenholz und war natürlich verschlossen. Der kleine Waschraum mit Toilette hatte ein winziges Fenster.

Obwohl niemand durch die kleine Öffnung dringen konnte, war ein Eisengitter davor angebracht.
Rika ging zurück in den größeren Raum, in dem auch ein Bett stand. Resigniert ließ sie sich darauf nieder und weinte.

***

Elena und Malvin starrten in der Dunkelheit in ein großes Loch. Ein muffiger Geruch strömte ihnen entgegen.
„Jetzt brauchen wir doch die Taschenlampe."
Elena glaubte, echte Aufregung aus seiner Stimme gehört zu haben.
„Warte hier, ich hole sie."
Etwas mulmig war ihr schon zumute, als sie allein war. Es dauerte auch nicht lange, bis er zurückkam. Er leuchtete in die Finsternis. Vor ihnen ging es einige Stufen hinunter.
„Wollen wir?", fragte er unnötigerweise. Er ging voraus.
Sie folgte ihm.
„Ich hätte nicht geglaubt, dass es hier einen Geheimgang gibt", flüsterte Malvin, obwohl ihn hier unten niemand hören konnte.
„Lass uns mal nachschauen", hauchte Elena ebenso leise. „Ich würde gerne wissen, wohin dieser Gang führt."
„Ich auch, aber das sollten wir besser ein anderes Mal machen. Wenn wir mehr Zeit haben. Es gibt bald Mittagessen. Vater legt sehr viel Wert auf Pünktlichkeit."
„Gut, wann machen wir es?"

„Vielleicht heute Abend, wenn die Dienstboten gegangen sind und hier alles ruhig im Haus geworden ist. Ich komme wieder zu dir. Dann können wir über die seitliche Treppe ins Gewölbe hinuntergehen."
Damit war Elena einverstanden.

Auf heißer Spur

Elena konnte kaum erwarten, bis in der Burg alles still geworden war. Malvin kam so gegen zehn.

„Die Luft ist rein. Alle haben sich in ihre Räume verzogen, nur Rudger nicht, er ist in die Stadt gefahren und übernachtet dort. Ich glaube, er hat `ne Freundin."

Malvin grinste, während es Elena völlig gleichgültig war, was sein Bruder machte.

Trotzdem warteten sie noch gute zehn Minuten bis sie sich auf den Weg ins Gewölbe machten.

Als sie vor dem Regal standen, berührte Malvin das besagte Buch. Er wartete, dass sich das Regal zur Seite bewegte. Aber nichts geschah.

„Das gibt es doch nicht", moserte er. „Es ist doch das Buch, das du auch berührt hast, oder?"

„Ja, komisch, dass es jetzt nicht funktioniert."

„Ich versuch es nochmal." Aber nichts geschah.

„Lass mich mal." Elena schob Malvin etwas zur Seite.

„Wenn es bei mir nicht geht, geht's auch bei dir nicht", erwiderte er.

Elena reagierte nicht, sondern berührte mit ihren Fingerspitzen den Buchrücken. Das Regal rückte leicht quietschend zur Seite und gab die Tür frei.

„Wieso klappt es bei dir und bei mir nicht?", wunderte sich Malvin.

Elena hätte dafür vielleicht eine Erklärung gehabt, aber so meinte sie nur schnell: „Hauptsache, wir können jetzt nach unten."
Vorsichtig stiegen sie die wenigen Stufen hinab. Der Gang, der sich vor ihnen erstreckte, war etwa zwei Meter breit und hoch genug, um aufrecht gehen zu können.
Nach einigen Schritten entdeckten sie rechts eine Tür, die sie vorsichtig aufmachten. Malvin leuchtete mit seiner Taschenlampe hinein, während Elena nach einem Lichtschalter suchte und ihn fand. Eine nackte Glühbirne leuchtete auf, spendete aber nur mattes Licht.
Der Raum war ausgestattet mit einer Pritsche, einem Eisenbett mit Matratze, einem Tisch mit Stuhl und einer Kommode. Als sie hineingingen, drang Staub in Elenas Nase, und sie musste niesen. Ihr Blick fiel sofort auf das Fußteil des Bettes. Sie erstarrte. Dicke Seile waren dort befestigt.
„Das sieht ganz so aus, als hätte man hier mal jemand angebunden", entfuhr es ihr. „Hast du das auch gesehen?"
„Hm", machte Malvin. Er trat neben Elena. „Ich glaube, hier unten wurden früher auch mal Menschen gefangen gehalten. Denkst du, dass Rika hier festgebunden war?"
„Ich denke im Moment an alles. Seltsam ist dieser Ort und unheimlich." Sie ging einen Schritt zur Seite.
Elena stutzte, weil sie auf etwas getreten war. Sie bückte sich und hielt gleich darauf eine Haarspange in ihrer Hand. Die gehörte ohne Zweifel Rika. Elena reichte sie Malvin. „Glaubst du nun, dass ich richtig liege?"

„Ja, die Spange gehört ihr, daran gibt es keinen Zweifel. Mir wird die ganze Sache langsam auch mysteriös. Lass uns von hier verschwinden. Schauen wir lieber, wohin der Gang führt."
Sie gingen weiter. Dabei stießen sie noch auf andere Räume, in denen es ähnlich aussah. Es gab sogar einen Ort, der einst eine Art Toilette gewesen sein musste.
Der Gang schien endlos zu sein. Die Luft wurde immer stickiger, je weiter sie vordrangen.
„Lass uns zurückgehen", schlug er nach einer Weile vor. „Es bringt nichts. Wer weiß, wohin dieser unterirdische Gang führt. Bedenke, dass wir wieder zurück müssen."
„Du willst doch nicht etwa aufgeben?"
„Du nicht? Wie kommt es, dass ein Mädchen so mutig ist? Sowas ist mir bisher noch nicht begegnet."
Elena blieb ihm die Antwort schuldig. Sie konnte ja schlecht von ihrem Abenteuer in Sidoc erzählen. Eines Tages würde er es vielleicht erfahren, aber jetzt war nicht der richtige Zeitpunkt. „Lass uns weitergehen, ich möchte gerne wissen, wohin der Gang führt. Irgendwo muss er ja ein Ende haben."
Malvin atmete tief aus. „Meinetwegen. Wir sollten aber weniger reden, sonst verbrauchen wir zu viel Luft."
Das taten sie dann auch.
Wie viel Zeit vergangen war, bis sie endlich zu einer eisernen Tür kamen, wussten sie nicht. Doch da war ihr Weg zu Ende, denn die Tür war abgeschlossen. Es gab keinen Winkel, wo eventuell ein Schlüssel hätte versteckt sein können.

„Ende – und was jetzt?", fragte Malvin.
„Müssen wir wieder zurück. Gegen eine Eisentür kommen wir nicht an. Vielleicht können wir herausfinden, in welche Richtung der Gang geht. Irgendwohin muss er ja führen."
„Wenn mich mein Orientierungssinn nicht im Stich lässt, dann müsste der Gang …" Er schien zu überlegen. „Ja, dann müsste der Gang unterhalb des rechten Seitenflügels verlaufen und dann Richtung Wald gehen. Der Wald ist ja nicht so weit von der Burg entfernt."

Elena schrieb ins Tagebuch:

Es ist schon spät in der Nacht, doch ich kann einfach nicht schlafen. Ich bin total von der Rolle. Was geht in diesem Haus vor? In diesem Raum unter dem Gewölbe habe ich Rikas Haarspange gefunden. Bei dem Gedanken, dass sie dort angebunden war, kommt mir fast die Galle hoch.
Serafina selbst hat vor nicht allzu langer Zeit noch davon geschwärmt, wie gut und freundlich, vor allem wie beliebt die Fürstenfamilie bei ihrem Volk ist. Am liebsten würde ich meine Batara-Pflanze nehmen und mich in meine Welt zurück wünschen, aber ich darf Rika

nicht im Stich lassen. Das bin ich ihr schuldig. Also bleibe ich und ziehe es durch.

Elena fand für den Rest der Nacht wenig Schlaf. Kein Wunder, dass sie am nächsten Morgen wie gerädert war. Auch eine kalte Dusche machte sie nicht munter. Im Frühstücksraum traf sie überraschenderweise nur Thora, die vor einer Tasse Kaffee saß.

„Guten Morgen, Frau von Kaldam", grüßte Elena, wohl darauf bedacht, der Hausherrin nicht in die Augen zu sehen.

Die Fürstin erwiderte ihren Gruß.

„Nicht so gut geschlafen, gell?"

Elena fühlte sich ertappt. „Merkt man das?"

„Das Verschwinden von Rika macht uns allen zu schaffen. Ich hoffe, die Kejida wird sie bald finden."

„Wo könnte sie denn sein? Wenn Rika so zuverlässig ist, wie alle sagen, verstehe ich nicht, wie sie einfach so über Nacht verschwinden konnte. Wir waren doch noch zusammen bei mir im Zimmer. Sie ist auch gleich schlafen gegangen, als wir uns getrennt haben. Am nächsten Morgen war sie weg, sogar ihr Bett war unberührt."

„Vielleicht ist sie sehr früh aufgestanden und hat ohne Frühstück die Burg verlassen. Mag sein, dass sie zu ihrem Bruder wollte."

„Ohne ihr Pferd? Ohne Bescheid zu sagen?"

„Es stehen Fahrräder im Keller, vielleicht hat sie eines davon genommen. Außerdem ist es keine Pflicht in unserem Hause, sich abzumelden." Die Fürstin stand auf und ging zur Tür. „Was immer auch passiert ist, die Kejida wird es herausfinden. Genieße du lieber deine Zeit hier. Mach dir keine Gedanken."

Malvin erschien in dem Augenblick, als Thora ging.

„Hast du auch so schlecht geschlafen?", fragte er, kaum dass sich die Tür geschlossen hatte.

„Ja. Ich möchte am liebsten gleich nach dem Frühstück in den Wald. Und du bist dir auch wirklich sicher, dass der unterirdische Gang dorthin führt?"

„Ja, auf meinen Orientierungssinn kann ich mich verlassen. Dort im Wald ist auch unsere Jagdhütte. Aber jetzt lass mich erst einmal frühstücken."

Das taten beide, doch als sie später den Raum verließen, wurden sie von Fürst Herold aufgehalten.

„Malvin, dich habe ich gesucht. Ich möchte dich bitten, heute gemeinsam mit Rudger bei der Feldarbeit mitzuhelfen."

„Kann Gunnar nicht?"

„Nein, er ist in der Mühle. Ein bisschen Arbeit wird dir nichts schaden. Also los, dein Bruder ist schon vorgefahren."

„Gut. Dann sehen wir uns zum Mittagessen, Elena", versprach Malvin, zwinkerte ihr zu und ging.

„Es macht dir hoffentlich nichts aus, dir allein etwas die Zeit zu vertreiben, oder?", fragte der Fürst.

„Natürlich nicht. Ein bisschen kenne ich mich mittlerweile ja aus."

„Dann mach dir einen schönen Vormittag. Reite oder lass dir von Gero ein Fahrrad bringen."

Elena ärgerte sich, weil Malvin ausgerechnet an diesem Tag bei der Feldarbeit mithelfen musste. Sie überlegte, ob sie allein in den Wald gehen und dort nach einem Eingang zu diesem unterirdischen Gang suchen sollte.
Aber dann entschloss sie sich für die Stadt. Sie brachte noch ihr Zimmer in Ordnung, bevor sie in den Stall ging. Der Stallbursche sattelte Hella. Kurz darauf ritt sie über die staubige Straße Richtung Miara. Schade, dass sie die Adresse von Rikas Bruder nicht kannte, sonst hätte sie ihn besucht. Ob er inzwischen wusste, dass seine Schwester verschwunden war? An einem großen Holzzaun am Eingang der Stadt band sie ihr Pferd an und machte sich zu Fuß weiter auf. Gut war, dass niemand sie hier kannte. So konnte sie, ohne ständig von Bekannten angesprochen zu werden, ihre Beobachtungen machen. Nachdem sie gut eine halbe Stunde ziellos durch die Straßen gelaufen war, setzte sie sich in den Außenbereich einer Eisdiele und bestellte sich einen Eisbecher. Während sie darauf wartete, sah sie Fürstin Thora, die gerade aus einem Mobil stieg, das vor einem gegenüber liegenden Laden parkte. Rasch hielt sich Elena die Eiskarte so vors Gesicht, dass sie mit ihren Augen über den Rand hinweg Thora noch gut beobachten konnte. Diese stand noch immer in elegantem Outfit neben ihrem Mobil. Sie wartete bestimmt auf jemanden, dachte Elena. Sie wurde nicht enttäuscht, denn ein Mann trat zu der

Beobachteten, der ihr höflich die Hand küsste. Es war derselbe Mann wie neulich im Schmuckladen.
Elena erschrak, als beide auch noch auf die Eisdiele zukamen. Um nicht gesehen zu werden, hielt sie sich weiterhin die Eiskarte vors Gesicht. Ihr Herz klopfte recht stürmisch, als sich Thora mit ihrem Begleiter ausgerechnet an den Nebentisch setzte, obwohl genug andere Plätze frei waren. Doch zum Glück trennte ein breiter Kübel mit dichter Bepflanzung die beiden Tische.
Immer noch die Karte vor dem Gesicht rutschte Elena auf einen anderen Stuhl, sodass sie mit dem Rücken zu besagtem Kübel saß, hinter dem die beiden sich miteinander unterhielten.
Elena konnte deutlich jedes ihrer Worte verstehen, obwohl sie nicht einmal laut sprachen.
„Was gibt es denn so Dringendes zu bereden, dass du mich so schnell wie möglich treffen wolltest? Sehnsucht nach mir gehabt?“, begann der Mann.
Bevor Fürstin Thora antworten konnte, kam die Bedienung, brachte Elenas Eisbecher und nahm die Bestellung vom Nebentisch auf. Beide entschieden sich für einen Kaffee.
„Ich musste jetzt schon umdisponieren“, erwiderte die Fürstin. „Zum Glück habe ich heute früh noch hören können, wie sich mein Sohn Malvin und diese Elena im Frühstückzimmer über den unterirdischen Gang unterhielten und sich fragten, wohin der wohl führen könnte. Weiß der Teufel, wie die zwei herausgefunden haben, dass es diesen

Gang gibt. Ich konnte meinen Mann dazu überreden, Malvin für den Morgen zu beschäftigen, damit Jana Rika aus dem Jagdhaus holen und fortbringen kann."
„Und wohin soll Jana sie bringen?"
Die Antwort von Thora konnte Elena leider nicht verstehen, weil in diesem Augenblick eine Horde junger Leute laut lachend vorbeiging.
„Ich weiß nicht, ob es richtig ist, was wir tun", hörte Elena den Mann sagen.
Darauf lachte Thora. „Was hätte ich denn tun sollen? Warum musste dieses dumme Ding dort oben in der leerstehenden Etage herumschnüffeln, ausgerechnet in dem Zimmer, in dem die Verrückte liegt? Jana hatte mir mittags noch erzählt, dass sie sehr unruhig sei. So bin ich spät abends, als Herold sich lieber mit seinen Büchern beschäftigte als mit mir, nach oben gegangen, um ihr noch was zu geben. Ich habe meinen Augen nicht getraut, als ich Rika sah, die in das Zimmer ihrer Mutter ging. Zum Glück hat sie nicht gesehen, dass ich es war, die sie niederschlug. Ich hatte von Anfang an vor, meine Schwägerin irgendwo hinzubringen, wo keiner sie kennt. Hätte ich es nur damals gleich getan. Wenn herauskommt, dass sie nicht freiwillig spurlos verschwunden ist, weil sie herausgefunden hat ..."
Dieses Mal war es ein großes Mobil, das Mülleimer leerend einen so lauten Krach verursachte, dass Elena nicht hörte, was Thoras Schwägerin angeblich herausgefunden hatte.

Als es wieder ruhiger geworden war, sagte die Fürstin gerade: „Du hängst auch mit drin, vergiss das nicht, mein Lieber."
„Wie könnte ich das vergessen? Du willst Rika doch nicht …"
„Töten?", vollendete Thora. „Nein, habe ich nicht geplant. Sie wird lediglich eine Weile verschwinden. Wenn sie wieder auftaucht, wird sie einiges vergessen haben."
„Noch was, die Kleine hat herausposaunt, dass sie nicht allein dort oben gewesen ist."
„Ich kann mir denken, wer bei ihr war. Dieses Mädchen aus Sidoc, das die weise Hexe uns anvertraut hat. Die zwei steckten von Anfang an zusammen. Ich kann mir auch nicht erklären, warum die Gören in den oberen Stock und ausgerechnet in dieses Zimmer mussten. Aber keine Sorge, diese Elena wird sich hüten, etwas so Ungeheuerliches zu behaupten. Schließlich ist da oben ja nichts mehr."

Elenas Eis schmolz vor sich hin, weil sie viel zu nervös war, davon zu essen. Außerdem war ihr der Appetit längst vergangen.
Eine Pause am Nebentisch entstand, dann rief der Mann die Bedienung zum Zahlen.
„Treffen wir uns morgen?", fragte er.
„Ja. Ich lass dir von Jana ausrichten, wo."
Elenas Anspannung ließ erst nach, als Thora und der Mann gegangen waren.

Über den Eiskartenrand beobachtete sie die Fürstin, die in ihr Mobil stieg und wegfuhr.
Der Mann ging in entgegengesetzter Richtung davon.

***

Thora fuhr allerdings nach dem Treffen mit Olf nicht gleich nach Hause, sondern bog in eine Seitenstraße ein und hielt an. Von dort aus hatte sie die Eisdiele noch gut im Blick. Sie musste auch nicht lange warten, bis sich ihr Verdacht, den sie leider viel zu spät ernstgenommen hatte, zu ihrem Entsetzen bestätigte. Es war tatsächlich diese Elena gewesen, die am Nebentisch gesessen und ganz sicher ihr Gespräch mit Olf angehört hatte.
Warum war sie nur so unvorsichtig gewesen? Das war doch ganz und gar nicht ihre Art.
Dabei hatte sie doch urplötzlich das Gefühl befallen, beobachtet zu werden, als sie mit Olf die Eisdiele angestrebt hatte. Auf der Straße war ihr allerdings niemand aufgefallen, lediglich im Außenbereich der Eisdiele hatte ein Gast gesessen, der sein Gesicht bis zu den Augen hinter der Eiskarte versteckt gehalten hatte. Dieser Gast hatte Thora irritiert. Kurz hatte sich ein ganz bestimmtes Gesicht vor ihr inneres Auge geschoben: Elena. War sie es?
Doch als Thora mit Olf am Nebentisch Platz genommen hatte, und er sie wie ein verliebter Gockel anstarrte, hatte sie während ihrer Unterhaltung alle Vorsicht fallen lassen.

Erst als sie die Eisdiele verlassen hatten war ihr Blick erneut ganz kurz zu der Person am Nebentisch gewandert, die wiederum ihr Gesicht hinter der Eiskarte verbarg. Die Fürstin war in Panik geraten. Sie hatte absolute Gewissheit gebraucht.
Die hatte sie jetzt bekommen.

Thora startete rasch den Motor und fuhr davon, bevor diese Elena sie und das Mobil erkannte. Zu Hause durfte sie sich nur nichts anmerken lassen, nahm sie sich vor. Auch wenn dieses Mädchen ihr gar nichts anhaben konnte, es war nur ein Gast in ihrem Zuhause. Thora genoss außerdem großes Ansehen in der Burg. Auch wenn die große Liebe zwischen ihr und Herold längst vorüber war, so genoss sie seine Achtung. Er würde niemals zulassen, dass jemand etwas gegen ein Familienmitglied sagen würde. Niemand würde somit einer Fremden glauben, falls Elena plaudern würde. Doch sollte sie Thora gefährlich werden, musste sie handeln. Darin verstand sie sich sehr gut.

***

Beim Mittagstisch waren sie zu viert. Der Fürst, dessen Frau, Malvin und Elena.
„Ich war am Morgen in Miara. Kann es sein, dass ich dort eines unserer Pferde gesehen habe?"
Elena schluckte. Sie hoffte, dass es niemand bemerkte.

„Ja, Ihr Mann hat mir erlaubt, jederzeit Hella zu reiten oder ein Fahrrad zu nehmen."
„Es war keineswegs ein Vorwurf von mir, Elena", erwiderte die Fürstin. „Lediglich habe ich es festgestellt. Ich hoffe, du hattest eine schöne Zeit in Miara."
Will sie mich aushorchen, ob ich sie womöglich gesehen habe, dachte Elena. „War sehr schön dort", antwortete sie. „Ich habe mich ein bisschen in den Geschäften umgeschaut. Aber allein macht es wenig Spaß."
„Heute Mittag bin ich ganz für dich da", meinte Malvin, „es sei denn, Vater, du brauchst mich noch."
„Geht nur, Kinder." Fürst Herold lächelte, bevor er sich wieder seiner Mahlzeit widmete.

Als sich Vater und Sohn noch einen Espresso bestellten, erhob sich Thora. „Ihr entschuldigt mich? Ich muss noch einige Pläne mit den Bediensteten durchgehen."
Elena warf einen Blick zu Thora, um ihr aus purer Höflichkeit einen schönen Nachmittag zu wünschen, und schaute direkt in deren graue Augen.
Sie hat mich gesehen! Dieser Gedanke schoss Elena durch den Kopf. Sofort überzog sich ihr ganzer Körper mit einer Gänsehaut. Sie schloss wie geblendet ihre Augen. Hoffentlich war es niemandem aufgefallen.

Sie trafen sich eine halbe Stunde später in den Stallungen. Das hieß, Malvin war eher dort und hatte bereits ihre Pferde gesattelt.

„Du bist dir sicher, dass der unterirdische Gang in den Wald führt?“, fragte Elena mit einem unwohlen Gefühl im Bauch.
„Gewiss. Reite mir nur nach.“ Sie führten ihre Pferde zum rückwärtigen Mittelgebäude, dorthin, wo es in den rechten Seitenflügel überging. „Etwa hier unten dürfte die alte Ahnengalerie sein. Das Regal steht ja nicht an der Außenwand, sondern rechts, wenn du zur Tür rein kommst. Und der Geheimgang ging ja von der Treppe aus immer geradeaus, also unter dem rechten Seitenflügel durch.“
Sie ritten zum Ende des Seitenflügels.
„Also müssen wir auch immer geradeaus, du siehst, dass der Weg in den Wald führt.“

Elena hatte begriffen, und so ritten sie nebeneinander weiter, bis sie vom nahen Wald verschlungen wurden.
„Gehört euch das hier auch noch alles?“
„Ja, aber ehrlich gestanden habe ich keine Ahnung, wie weit unser Besitz sich erstreckt. Der Wald gehört zum größten Teil noch dazu. Danach kommt das Felsental, und durch eine Schlucht gelangt man zu kleinen Siedlungen, die sich an der Westküste Smelas befinden. Aber dort war ich noch nie.“
Elena fand das allerdings recht interessant, zumal sie eine Vorliebe für Geographie hatte. Im Wald war es angenehm kühl. Sie musste an den großen Wald denken und an ihr Abenteuer dort im vergangenen Jahr. Hoffentlich erwarteten sie an diesem Ort nicht auch Gefahren, denen sie besser aus dem Weg gehen sollte.

Als ein aus Stein gebautes Haus in ihr Blickfeld kam, blieben sie stehen.
„Schau mal“, sagte sie.
Doch auch Malvin hatte es gesehen. „Das ist das alte Jagdhaus. Früher, noch vor meinem Großvater, wurde dort nach einer Jagd gefeiert. Jetzt steht es leer. Gunnar wollte es deshalb abreißen lassen. Aber das erlaubt Vater nicht. Hat mein Großvater schon nicht gewollt.“
„Vielleicht führt der Gang ja geradewegs dort hin, was meinst du?“
Elena fühlte sich immer unwohler in ihrer Haut. Am liebsten hätte sie Malvin gesagt, dass Rika dort nicht war, dann hätte sie aber auch den Grund erklären müssen.
„Möglich wäre es. Schauen wir nach.“
Die Tür war zu ihrer Verwunderung nicht abgeschlossen.
„Komisch“, meinte Malvin. „Auch wenn das Haus leer steht, sollte es eigentlich abgeschlossen sein.“
Vielleicht hatte man es absichtlich offen gelassen, dachte Elena.

Drinnen schauten sie sich genau um. Es gab allerdings nicht viel zu sehen. Die Einrichtung bestand aus einem Tisch, mehreren Stühlen, einem niedrigen und einem hohen Schrank, alles aus dem gleichen dunklen Holz gefertigt. Dann fiel Elenas Blick auf ein Holzbett, das in einer Nische stand.
Malvin hatte bereits den Raum verlassen und stand in einem kleinen Flur, direkt auf einer Bodentür.

„Schauen wir mal, was darunter ist“, meinte er zu Elena gewandt, die kaum erwarten konnte, es auch zu sehen.
Die Luke ließ sich leicht öffnen, aber darunter war es dunkel. Sie hatten keine Taschenlampe dabei.
„Mist“, schimpfte Malvin, „aber ich probiere es trotzdem. Du bleibst aber oben, verstanden?“
Vorsichtig tastete er mit den Füßen voran. „Es ist eine Leiter“, erklärte er Elena, die am liebsten gleich nachgekommen wäre.
„Jetzt bin ich unten“, hörte sie ihn rufen. Dann: „Hier ist eine Eisentür, die ist verschlossen. Ich komme jetzt zurück.“
Als er wieder oben war, meinte Elena: „Das ist sicher die Tür, die in den unterirdischen Gang führt.“
„Könnte möglich sein.“
Elena war sich da sehr sicher.
Sie schauten sich in dem großen Raum um.
„Es muss jemand hier gewesen sein“, meinte Elena. „Auf der Kommode und der Ablage auf dem Schrank liegt Staub, aber auf dem Tisch nicht. Seltsam.“ Wie sie es hasste, so zu tun, als wüsste sie nicht, dass Rika hier gewesen ist.
„Und die Decke auf dem Bett ist zerwühlt“, entgegnete Malvin. Er ging zum Schrank und öffnete die oberen Türen. „Schau mal hier, abgepackte Brotscheiben, fühlen sich noch recht frisch an.“
Elenas Gedanken gingen wieder zu dem Gespräch, das sie am Morgen belauscht hatte.

„Worüber denkst du nach?", fragte Malvin in ihre Gedanken hinein. „Deinem Gesichtsausdruck nach zu schließen tust du es."

„Ich … ich überlege."

„Darf ich wissen, was?"

Sollte sie ihm die Wahrheit sagen, etwas so Ungeheuerliches über die eigene Mutter? Das brachte Elena nicht übers Herz. So sagte sie nur: „Ich überlege, was wir als Nächstes tun sollen."

„Du denkst, Rika war auch hier, stimmt's?"

Sie konnte nur nicken, weil ihr die Kehle mit einem Male eng geworden war.

So verließen sie das Jagdhaus und ritten zurück zur Burg. Sie kamen gerade rechtzeitig zur Kaffeezeit.

***

Ich weiß nicht, was ich machen soll, schrieb Elena an diesem Abend in das Tagebuch.

Eiskalt läuft es mir den Rücken hinunter, wenn ich an das Gehörte in der Eisdiele zurückdenke. Jetzt bin ich endgültig davon überzeugt, dass mit Fürstin Thora etwas nicht stimmt. Mein erster Eindruck hat mich also nicht getäuscht. Soll ich Malvin von dem Gehörten erzählen? Dass seine eigene Mutter einen Liebhaber hat?

Dass sie nicht nur am Verschwinden von Rika beteiligt ist.
Ob es noch mehr Geheimnisse in der Familie gibt? Ach, wäre nur Alex hier. Ich glaube, er würde sofort wollen, dass ich in meine Welt zurückreise. Ich werde Malvin jedenfalls nichts von meinen Beobachtungen in Miara erzählen, auch wenn ich meine, dass er wissen sollte, was mit seiner Mutter los ist. Aber einmal wird er es erfahren.

Nach dem Kaffee, der ohne die Fürstin stattfand, hat Malvin mich gebeten, mit ihm seine Großmutter zu besuchen. Fürstin Unna hat uns freundlich empfangen. Sie wusste bereits von Fürst Herold von meinem Besuch hier und hat später beim Abschied gesagt, dass ich sie jederzeit auch allein besuchen kann.

Elena legte den Stift beiseite, stand auf und trat zum offenen Fenster. Es war bereits dunkel. Der Mond hatte fast seinen vollen Umfang erreicht und ließ die Tannen lange, bizarre Schatten auf die Wiese werfen. Elenas Gedanken eilten zu Rika. Wo mochte sie jetzt sein? Wie ging es ihr?
„So nachdenklich, Erdling?"

Sie hatte das Ajinn nicht heranfliegen sehen und erschrak ein bisschen. „Ich mache mir Sorgen um Rika, du weißt, das Mädchen, das verschwunden ist."

„Ich weiß. Ich habe dir versprochen, dass wir dir helfen."

„Sie war in dem alten Jagdhaus im Wald eingesperrt, doch jetzt ist sie dort nicht mehr."

„Meine Freunde und ich sind heute Morgen im Wald umhergeflogen. Dabei kamen wir zu einem Haus."

„Das Jagdhaus! Erzähl weiter."

„Dann unterbrich mich, bitte, nicht. Wie gesagt, kamen wir zu diesem Haus. Weil wir ja wussten, dass dieses Mädchen verschwunden ist, wollten wir mal durch die Fenster schauen. Doch wir wurden daran gehindert, weil ein Mobil gefahren kam. Eine Frau stieg aus und ist in das Haus gegangen. Sie kam wenig später wieder heraus, aber nicht allein. Ein Mädchen war bei ihr. Die Frau hat es in das Mobil geschubst. Dann ist sie davon gefahren."

„Das kann nur Rika gewesen sein. Wie sah die Frau aus? Hatte sie schwarze Haare?" Elena dachte an Thora.

„Nein, die Haare von der Frau sind ganz hell."

Das war keineswegs die Fürstin.

„Habt ihr gesehen, wohin die gefahren ist?"

„Ja, bis der Wald zu Ende ist. Danach kommen keine Bäume mehr, nur Sand und Steine. Dort beginnt auch die Schlucht. Die Frau hat ihr Mobil stehen lassen und ist mit dem Mädchen zu Fuß weitergegangen. Sie sind Richtung Schlucht verschwunden. Dann sind wir zurückgeflogen, weil es keine Bäume gibt, die uns Schutz bieten."

„Ich weiß. Vielen Dank euch. Wie erfahre ich jetzt, wohin die Frau Rika gebracht hat?“
„Tut mir wirklich leid, Erdling, doch weiter fliegen wir nicht. Aber wir werden gerne den Wald weiterhin beobachten.“
„Danke, das ist sehr nett von euch.“
„Wir helfen gerne, das weißt du. Jetzt fliege ich zurück. Gute Nacht.“
Kaum hatte das Ajinn das gesagt, war es auch schon in der Dunkelheit verschwunden.

Die eiskalte Fürstin

Zur gleichen Zeit, als Thora, Olf und Elena in dieser Eisdiele saßen, war Jana auf Befehl der Fürstin in der Jagdhütte aufgetaucht. Sie hatte Rika, die zum Glück bereits völlig bekleidet war, grob gepackt und ihr im Handumdrehen die Arme auf dem Rücken zusammengebunden. Das Mädchen hatte gar keine Gelegenheit gehabt, sich zu wehren.
„Wo bringen Sie mich jetzt hin?", hatte Rika gefragt. Ihre Stimme hatte dabei gezittert.
„Mir wäre lieber, du würdest nicht ständig Fragen stellen. Also tu mir den Gefallen und halte den Mund. Ich will dir nicht unnötig wehtun."
Aber Rika hatte nicht schweigen wollen, sondern reden, um ihre Angst zu übertönen, die immer mehr von ihr Besitz ergriffen hatte.
„Dann sagen Sie mir wenigstens, wer Sie sind. Ich glaube, ich habe Sie schon irgendwo mal in der Burg gesehen."
„Ich habe lediglich auf die Verrückte aufgepasst. Mehr musst du nicht von mir wissen."
„Meine Mutter ist nicht verrückt. Dann haben Sie mich erwischt?"
„Das war deine ..."
Die Stimme der Frau war abrupt abgebrochen. Rika war zur Tür geschoben worden. Erst als sie draußen gewesen waren, hatte sie das alte Jagdhaus erkannt, das der Familie gehörte. Sie hatte es allerdings noch nie von innen gesehen. Wen hatte die Frau eben gemeint mit „deine"?

Diese Frage war Rika nicht mehr aus dem Kopf gegangen, als die Frau sie auf den Rücksitz eines Mobils gestoßen hatte. Eine Decke war über ihr ausgebreitet worden. Dass die Fahrt über einen breiten Waldweg gegangen war, hatte Rika nicht sehen können, dafür hatte es in ihrem Kopf gearbeitet. Nein, hatte es plötzlich in ihrer Seele geschrien. War etwa Tante Thora gemeint gewesen? Oder gar Berthe? Gedanken waren in ihrem Kopf herumgepurzelt. Ihr Vater war durch ein schlimmes Fieber gestorben, dann ihre Mutter von einem auf den anderen Tag anscheinend spurlos verschwunden. Dabei hatte sie jedoch weitab von allen in einem Seitenflügel der Burg gelegen, ganz oben im letzten Geschoss in einem Zimmer. Krank und apathisch. Wer hatte ihr das angetan? Wer in der Burg wusste also davon? Onkel Herold? Seine Kinder? Das hatte Rika nicht so recht geglaubt. Vielleicht war es auch nur die Person gewesen, die sie an diesem Abend erwischt hatte, als sie noch einmal hoch zu ihrer Mutter gegangen war.

Als das Mobil angehalten hatte, hatte Rika aufgehört nachzudenken. Die Frau hatte sie aus dem Gefährt gezogen und das Mädchen erkannt, wo sie sich befanden.

***

Rika hatten entsetzlich die Füße weh getan, als die Frau sie durch die Schlucht vor sich her geschoben hatte. Der Pfad, der seitlich an einem schmalen Bach entlang geführt hatte,

war eng und steinig. Bei jedem Tritt hatten die spitzen Steine durch die dünnen Sohlen ihrer Sommerschuhe gedrückt.
„Ich kann nicht mehr“, hatte Rika einmal hervorgestoßen, doch die Frau hatte kein Erbarmen gekannt. Grob hatte sie das Mädchen weitergeschoben. Der Weg schien ihr wohl nichts auszumachen.
Rika war es wie eine Ewigkeit vorgekommen, als die Schlucht breiter und die hohen Felsen zu beiden Seiten flacher geworden waren, bis nur noch eine Felsenlandschaft vor ihnen gelegen hatte. Die Sonne hatte inzwischen sehr heftig gebrannt, als sie einen Kiesweg entlang gelaufen und in der Ferne die ersten Häuser aufgetaucht waren.
Rika hatte geahnt, wohin die Frau sie brachte. Nach Argon. Zu den Siedlungen der Verbannten. Rika war noch niemals dort gewesen. Doch die Großmutter hatte ihr vor vielen Jahren mal davon erzählt.

Jana hatte die Fesseln von Rikas Händen gelöst und ihr ins Ohr gezischt: „Du gibst keinen Laut von dir, verstanden? Fortlaufen bringt auch nichts, du willst doch deine Mutter wiedersehen.“
Das Wort Mutter hatte gezogen und Rika war stumm geblieben, als sie durch die Straßen von Argon gegangen waren. Die Häuser waren einfach und schlicht, die Gärten, in denen Frauen gearbeitet hatten, teils verwildert. Alte Männer hatten auf Bänken gesessen, geraucht und die Kinder

auf den maroden Straßen mit Büchsen, altem Blechgeschirr und Steinen gespielt.
Als Jana und Rika vorübergegangen waren, hatten alle sie angestarrt. Vor einem Haus waren sie stehengeblieben und hatten geklopft. Eine uralte Frau, deren Alter man nicht schätzen konnte, hatte geöffnet. Argwöhnisch hatte sie die Besucher angestarrt.
„Was wollt ihr?"
„Fürstin Thora schickt uns", hatte Jana geantwortet. „Sie trifft uns hier."
„Ach so. Meine Enkelin. Ja, ja, sie ist eine wohlhabende Fürstin geworden."
Die Frau hatte gelacht und dabei ihren zahnlosen Mund geöffnet. Dann hatte sie gemeint: „Die Verrückte ist schon ganz unruhig. Bringt ihr Medizin mit?"
„Nein, Fürstin Thora macht das."

Kurz darauf hatte Rika vor einer Pritsche gestanden, auf der ihre Mutter lag. Abgemagert und ausgezehrt. Ihr langes Haar war stumpf und fettig.
„Mama!", hatte sie gerufen und die Hand ihrer Mutter ergriffen, die nur von Haut überzogen war. Von Rika unbemerkt war noch jemand in den Raum gekommen.
„Verbringt ein bisschen Zeit, ihr werdet euch nämlich nicht mehr wiedersehen."
„Tante Thora!" Rika war erschrocken herumgefahren. „Dann hast du mich erwischt." Das Mädchen war in sich zusammen gesunken.

„Warum bist du auch so dumm und neugierig obendrein?"
„Was hast du mit meiner Mutter gemacht?"
Thora hatte schrill lacht. Sie hatte plötzlich nichts mehr von einer Fürstin an sich. Ihre Augen waren so kalt wie Bergseen, als sie höhnte: „Du wirst das noch früh genug erfahren. Sollte deine neue Freundin den Mund allerdings nicht halten und Dinge ausplaudern, die sie nichts angehen, wird es auch ihr schlecht bekommen."
Thora hatte die Kammer verlassen und die Tür von außen abgeschlossen. „Nur zu deinem Besten", hatte sie laut gehöhnt.

Geständnisse

Am nächsten Morgen gleich nach dem Frühstück traf sich Elena mit Malvin bei den Pferden. Als sie Gewissheit hatte, dass niemand in der Nähe war, begann sie zu reden.
„Ich hatte gestern Abend Besuch von den Ajinn. Sie haben im Wald eine Beobachtung gemacht."
So erfuhr Malvin, wie Rika von einer Frau aus dem Jagdhaus geholt und bis zum Rand der Schlucht gebracht worden war. „Danach sind sie zu Fuß gegangen."
„Weiter? Sind die Ajinn ihnen nicht gefolgt?"
„Nein, diese Wesen halten sich nur dort auf, wo Bäume sind. Weißt du, wohin die Schlucht führt?"
„Ja, nach Argon. Das sind die Siedlungen der Verbannten. So nannte man sie vor vielen hundert Jahren. Aber es leben dort immer noch viele arme Menschen."
„Dann sollten wir uns auf den Weg dorthin machen", schlug Elena vor.
„Allen Ernstes?"
„Was denkst du denn? Willst du nicht auch wissen, was mit Rika passiert?"
Am liebsten hätte Elena Malvin reinen Wein eingeschenkt. Aber sie hoffte, dass er auch so mit ihr zu diesen Siedlungen gehen würde.
„Klar möchte ich, dass Rika wieder hier ist. Aber was mich noch mehr interessieren würde, ist, wer alles in der Burg weiß, dass Tante Manda nicht verschwunden ist, sondern hier gefangen gehalten wurde."

„Vielleicht werden wir es bald wissen. Also, was ist?"
„Gut, wenn ich nicht mitkomme, gehst du trotzdem allein, habe ich recht?"
„Ganz genau."
„Wir nehmen selbstverständlich die Pferde. Es ist schon ein gutes Stück, aber es gibt einen weitaus bequemeren Weg nach Argon als durch die Schlucht. Zum Mittagessen werden wir allerdings nicht zurück sein."
„Das stört mich keineswegs. Rika zu finden ist wichtiger."
Zehn Minuten später waren sie unterwegs. Es war ein sehr heißer Tag. Elena war froh, dass der Weg teils durch Waldgebiet ging. Außerdem wunderte sie sich, dass ihnen überhaupt keine Menschenseele begegnete. Nicht einmal ein Mobil. Dann waren sie endlich da.
„Wo sollen wir jetzt nach Rika suchen?", wollte Malvin wissen.
„Wir fragen die Leute hier, ob sie eine fremde Frau mit einem jungen Mädchen gesehen haben."
Elena war sich jedoch nicht mehr so sicher, das Richtige getan zu haben. Vielleicht war es unüberlegt? Dumm? Bilder einer anderen Suchaktion traten vor ihr inneres Auge. Die Suche nach Alex, gemeinsam mit Jo, dem Pferdeburschen. Damals waren sie auch auf gut Glück losgezogen. Aber Alex hatten sie nicht gefunden.
„Elena!" Malvins Stimme riss sie aus ihrer Erinnerung.
„Entschuldige, ich war echt in Gedanken. Dann lass uns mal anfangen mit Befragen."

Aber keiner konnte ihnen eine positive Antwort geben. Es ist einfach zwecklos, dachte Elena nach einer guten Stunde. Sollte ihr Ausflug nach Argon umsonst gewesen sein?
„Schau mal, ist das nicht das Mobil meiner Mutter?"
Elena starrte in die Richtung, die ihr Malvin mit dem Finger wies. „Das gibt es doch nicht. Was will sie hier?"
„Bist du dir sicher, dass es ihr Mobil ist?"
„Ganz sicher, ich kenne doch Mamas Fahrzeug. Komm, reiten wir näher ran."
Elena wusste instinktiv, dass die Stunde der Wahrheit gekommen war. Malvin tat ihr leid, doch es gab keinen Rückzieher mehr. Wie pflegte ihr Vater oft zu sagen? Lieber ein Ende mit Schrecken als ein Schrecken ohne Ende.
„Wir sollten herausfinden, was sie hier macht", bat Malvin. „Vielleicht gibt es eine ganz einfache Erklärung."
Er stieg von seinem Pferd und ging auf das Haus zu.
Bevor er den Klopfer betätigen konnte, rief Elena: „Warte, ich glaube, ich bin dir eine Erklärung schuldig."
Elena wollte nicht, dass Malvin ins kalte Wasser fiel. Sie musste ihn vorwarnen. Es fiel ihr schwer, als sie sprach.
„Deine Mutter hat Rika erwischt, als sie noch einmal zu ihrer Mutter nach oben ging. Sie hat sie entführt oder entführen lassen. Von einer Jana und einem Mann, den sie häufig in der Stadt trifft. Gestern auch. In der Eisdiele habe ich ihr Gespräch mit angehört."
Elena hatte sehr schnell gesprochen, um zu verhindern, dass Malvin ihr ins Wort fiel.

Doch jetzt starrte er sie entsetzt an. „Du bist doch total bekloppt. Was unterstellst du meiner Mutter?"
„Es ist die Wahrheit, leider. Mir wäre wohler, wenn es nicht so wäre."
„Ich werde dir beweisen, dass du Unrecht hast."
Feste betätigte Malvin den Klopfer. Kurz darauf wurde die Tür geöffnet. „Ich bin Malvin von Kaldam. Ist meine Mutter …"
Er konnte nicht weitersprechen, weil die Frau, die geöffnet hatte, laut ins Haus rief: „Thora, du hast Besuch." An Malvin gewandt, „So, komm doch rein. Jetzt lerne ich endlich auch mal meinen Urenkel kennen."
Elena, die neben Malvin getreten war, starrte die alte Frau in der Tür an. Das also war Thoras Großmutter.
Dann stand die Fürstin vor ihnen. „Hätte ich mir doch denken können, dass das kleine naseweise Fräulein keine Ruhe gibt", höhnte sie.
„Mama", begann Malvin, „was machst du hier?"
„Kommt doch erst einmal rein."
Dann schloss sich die Tür, und Thora dirigierte sie in einen größeren Raum, der ein Wohnzimmer sein sollte.
„Warum hast du dich überhaupt eingemischt?", rief die Fürstin außer sich. „Schon bei deiner Ankunft in der Burg hatte ich so ein seltsames Gefühl, dass mit dir etwas nicht stimmt. Dass es mit dir noch Ärger gibt."
„Da geht es mir wie Ihnen. Wo sind Rika und ihre Mutter?"
„Setzt euch", befahl sie, ohne auf Elenas Frage einzugehen. „Ich vermute, du hast Malvin alles haarklein erzählt, oder?"

„Ja, aber erst draußen, bevor wir angeklopft haben. Warum das alles, Fürstin Thora?"
„Warum, warum! Das verstehst du nicht."
„Vielleicht verstehe ja ich es, Mama."
„Du hättest das alles nicht erfahren müssen. Bedanke dich dafür bei deiner kleinen naseweisen Freundin hier. Ja, ich habe Rika erwischt, als sie zu ihrer Mutter ging. Ja, ich habe deine Tante Manda ein Jahr lang oben im Dachgeschoss eingesperrt, weil sie herausgefunden hat, dass ich am Tod ihres Mannes, also deines Onkels Tabor, Schuld hatte. Dabei wollte ich nicht seinen Tod, sondern nur, dass er so krank wird, dass er als Oberhaupt von Smela nicht mehr infrage kommt, sondern Herold den Fürstentitel erhält."
Elena sah Malvin an, dass er völlig geschockt war. Er tat ihr in diesem Moment sehr leid. Sie griff nach seiner Hand.
„Sie wollten unbedingt Fürstin werden, stimmt's? Die Frau eines Herrschers. Was haben Sie jetzt mit uns vor?"
Thora warf Elena einen bösen Blick zu. „Du wirst es schon noch sehen. Unter den Voraussetzungen kann ich euch nicht gehen lassen. Das ist euch doch klar, oder?"
„Wie konntest du uns das antun?", brachte Malvin mühsam beherrscht hervor. „Auch wenn Onkel Tabor das neue Oberhaupt geworden wäre, hätte es uns doch an nichts gefehlt. Oder ist es dir so wichtig, Fürstin zu sein?"
Thora lachte schrill. „Schau dich doch mal um. Ich bin hier in dieser Hütte aufgewachsen. Kein schöner Anblick. Ich habe immer davon geträumt, reich zu sein, nicht mehr

hungern zu müssen. Mir alles leisten zu können, was ich mir wünsche."
Während Thora so dramatisch sprach, schaute Elena zu der alten Frau hinüber, die auf einem ziemlich zerschlissenen Sessel saß. Ob sie die Worte verstanden hatte, die ihre Enkelin gerade von sich gab, war nicht zu erkennen.
„Was sind Sie nur für ein Mensch?", begann Elena. Ihre ganze Abscheu gegenüber dieser Frau lag in ihren Worten. „Sie denken nur an sich und Ihr eigenes Wohlergehen. Dass Ihre alte Großmutter hier ein Leben lang in dieser Hütte ausharren muss, ist Ihnen völlig egal, lässt Sie kalt. Jetzt wollen Sie sich vor uns auch noch rechtfertigen. Ihr Mann und Malvin können mir nur leidtun."
„Mein Mann", brach es aus Thora heraus. „Der feine Fürst hat auch seine Geheimnisse. Kurz nach Malvins Geburt hatte er eine Liebschaft mit seiner Schwägerin Manda. Nun schau nicht so blöd drein, mein Sohn. Sie trafen sich immer im Jagdhaus. Dabei kam ihnen der unterirdische Gang gerade recht. Nachdem ich es herausgefunden habe, trennten sie sich. Tabor hat es nie gemerkt, auch hat er nie erfahren, dass Rika nicht sein Kind ist, sondern Herolds. So, nun ist das auch raus. Ich musste versprechen, dass es niemand erfährt. Herold hat mich dafür immer gut bezahlt, damit nichts von seinem Seitensprung an die Öffentlichkeit dringt. Er hat immer geschworen, dass er ja nur mich liebt. Trotzdem hat er auch mir gewisse Freiheiten gelassen. Das war auch eine von meinen Bedingungen."

Elena musste zugeben, dass sie über Thoras Geständnis geschockt war. Das hätte sie von Fürst Herold nie gedacht. Er hatte immer einen seriösen und aufrichtigen Eindruck auf sie gemacht.
„Jetzt bist du platt", höhnte die Fürstin. Dabei schaute sie in Elenas Richtung.
„Aber was machen wir mit euch beiden? Am besten, ihr reitet zurück zur Burg. Tut so, als wäre nichts passiert. Aber ich warne euch, ich beobachte euch. Denkt an Rika und ihre Mutter. Ich werde mit dem Mobil sicher vor euch in der Burg ankommen und euch bei meinem Gatten für die Verspätung entschuldigen."
„Du wirst das, was du getan hast, nicht ewig vor Vater geheim halten können", rief Malvin seiner Mutter noch zu.
„Von mir erfährt er nichts, und ihr beide werdet euch hüten, ihm etwas zu erzählen."
Sie lachte schrill, als sie ohne einen Blick zu ihrer Großmutter die Hütte verließ, in ihr Mobil stieg und davon fuhr.

Eine ganze Weile ritten sie schweigend nebeneinander her. Dann begann Malvin zu reden.
„Wenn du es schon gewusst hast, warum hast du mir nichts gesagt?"
„Warum wohl? Weil ich es nicht übers Herz gebracht habe. Sie ist schließlich deine Mutter. Außerdem weiß ich es auch noch nicht so lange. Wie fühlst du dich?"
„Schrecklich. Mir ist, als hätte mir jemand mein Lebenselixier entzogen."

„Bist du nun sauer auf mich?“
„Warum? Du kannst doch nichts dafür.“
„Na ja, wenn ich nicht zu euch gekommen wäre, wäre das nicht passiert.“
„Dann wäre es irgendwann herausgekommen. Dass mein Vater mit meiner Tante eine Liebschaft hatte, ist ein weiterer Schock für mich. Auch dass Rika meine Halbschwester ist. Ob sie es inzwischen auch weiß?“
„Keine Ahnung. Ich bin jedenfalls davon überzeugt, dass sie auch in dem Haus deiner Urgroßmutter ist.“
„Bist du dir da sicher?“
„Eigentlich schon. Wo sollte sie sonst sein? Ich glaube kaum, dass deine Mutter in Argon sonst noch jemanden kennt, dem sie vertrauen kann und der ihr hilft.“
Malvin hielt sein Pferd an. „Vermute ich richtig, dass du dich davon überzeugen willst, dass Rika bei meiner Urgroßmutter ist?“
„Willst du es denn nicht wissen?“
„Schon. Jetzt stecken wir tief genug in dieser Geschichte, da kommt es darauf auch nicht mehr an. Vielleicht können wir dadurch verhindern, dass meine Mutter noch mehr Schuld auf sich lädt.“
Elena verstand Malvin. Thora war immer noch seine Mutter. Er gab sicher die Hoffnung nicht auf, dass tief in ihrem Herzen doch noch etwas Gutes steckte.

Thora war bereits zu Hause, als die jungen Leute kamen. Natürlich war das Mittagessen längst vorüber, was von

Fürst Herold etwas ironisch mit den Worten: „Ich hoffe, ihr hattet einen schönen Vormittag in der Stadt“, quittiert wurde.
Malvin wollte sich eine Zeit lang auf sein Zimmer zurückziehen. „Ich muss das, was ich erfahren habe, erst einmal richtig verdauen. Wir sehen uns dann beim Kaffee.“

Elena verschwand ebenfalls in ihrem Zimmer und schrieb die Geschehnisse der letzten Stunden in das Tagebuch. Sie war sich darüber im Klaren, dass sie noch einmal zum Haus von Thoras Großmutter mussten. Rika war ganz bestimmt dort. Elena erinnerte sich an das Gespräch vom Vortag zwischen Thora und ihrem Freund Olf. Rika sollte demnach nicht sterben, sondern nach einiger Zeit auftauchen, aber sich nicht erinnern, was geschehen war. Thora wollte ihr sicher ein Elixier verabreichen, das die Erinnerungen der letzten Tage auslöschte. Falls dies noch nicht geschehen war. Also mussten sie schnell handeln.

Nach dem Kaffeetrinken erzählte sie das Malvin. „Es ist also Eile geboten“, sagte Elena noch zum Schluss.
„Wie stellst du dir das vor? Meine Mutter wird uns genau beobachten und auf der Hut sein, falls wir ausreiten.“
„Dann müssen wir es in der Nacht tun.“
„Warum tust du das alles? Es geht doch nicht um deine Familie.“
Das stimmte zwar nicht ganz, denn irgendwie gehörte sie ja auch dazu, wenn auch nur über mehrere Generationen.

„Ich fühle mich für Rika verantwortlich. Schließlich war ich diejenige, die wissen wollte, was es mit den Schreien, die ich gehört habe, auf sich hat."
„Wie gehen wir vor?"
„Hast du eine Idee? Wir sollten jedenfalls nicht zu lange warten. Am besten, wenn es dunkel ist. Meinst du, du findest auch dann den Weg nach Argon?"
„Du hast wohl überhaupt keine Angst, oder?"
„Doch", gab sie zu. „Aber du bist ja bei mir."
„Dein Vertrauen ehrt mich. Aber ich bin nicht für die Nacht. Bisher sind wir mit den Pferden noch nie in der Dunkelheit ausgeritten. Einen Schein zum Fahren mit dem Mobil habe ich noch nicht. Also müssen wir auf den Tag verschieben."
„Dann ist die Gefahr größer, dass deine Mutter etwas merkt und uns zuvorkommt."
„Dann brechen wir sehr früh auf, gleich nach Sonnenaufgang. Ich denke nicht, dass meine Mutter schon so früh auf den Beinen ist."
„Und wenn doch?"
„Stell doch nicht alles infrage. Du musst auch mal positiv denken. Also, was ist?"
„Okay, dann morgen, genaue Uhrzeit?"
„Sagen wir 6 Uhr. Da geht die Sonne auf."

Elena war nicht ganz wohl bei dem Gedanken, dass Malvin erst am nächsten Morgen reiten wollte. Sie hoffte, dass dies kein Fehler war.

Sie schlief schlecht in der Nacht und war pünktlich um 6 Uhr im Stall. Malvin kam einige Minuten später. „Ich habe uns etwas Wegzehrung mitgebracht. Ich habe mir bei der Mamsell etwas einpacken lassen."
„Hoffentlich erzählt sie das nicht deiner Mutter, dann weiß sie Bescheid."
„Nun sieh doch nicht zu schwarz. Mamas Mobil steht im Schuppen. Vorsichtshalber habe ich aus den Reifen etwas Luft abgelassen. Nun lass uns losreiten."
Da es um die frühe Stunde noch nicht zu heiß war, trieben sie ihre Pferde zum Galopp an. So kamen sie wesentlich schneller voran als am Vortag in der prallen Hitze. Ohne irgendeinem Bewohner von Argon zu begegnen, fanden sie mühelos wieder das Haus von Thoras Großmutter.
„Aufgeregt?", fragte Malvin.
„Merkt man das?" Elena stieg von ihrer Stute.
„Du zitterst etwas." Auch er stieg von seinem Hengst.
Als sie an der Tür klopften, klopfte Elenas Herz ziemlich heftig. Es dauerte auch nicht lange, bis die alte Frau öffnete. Ihre kleinen grauen Augen starrten die Besucher an. Elena hatte das Gefühl, als wäre sie erschrocken.
Die jungen Leute drängten sich an der Frau vorbei in das Haus. Dann ging Elena gleich auf ihr Ziel los.
„Wo ist das Mädchen, das Ihre Enkelin hier versteckt hat?"
Natürlich hatte Elena keine Ahnung, ob dem so war, aber einen Versuch war es durchaus wert. „Falls Sie uns belügen, holen wir die Kejida."

Das saß! Die alte Frau erschrak, denn sie begann zu zittern und musste sich setzen.
„Bitte, keine Kejida“, stotterte sie. „Das Mädchen und die andere Frau sind ganz dort hinten in dem Zimmer.“
Elena eilte dorthin. Abgeschlossen, aber der Schlüssel steckte. Kurz darauf stand sie in einer kleinen Kammer. Auf einer Pritsche lag Manda, auf einer zerschlissenen und schmuddeligen Decke Rika. Beide schliefen.
Elena beugte sich zu dem Mädchen. „Rika, aufwachen!“ Sie rüttelte an der Schulter, aber Rika rührte sich nicht.
Elena lief zurück zu der alten Frau, bei der Malvin noch immer stand. „Was haben Sie den beiden gegeben?“ Elenas Stimme klang ziemlich aufgebracht.
„Nichts, nur ein Schlafelixier, damit sie Ruhe geben, bis meine Enkelin kommt. Bitte, keine Kejida. Ich sage auch alles. Ich habe doch nur getan, was Thora wollte.“
Die alte Frau schaute zu Malvin. „Ich habe dich nie kennengelernt. Auch Thoras Mann nicht. Ich glaube, sie schämt sich für ihre Herkunft.“
Sie senkte den Kopf und faltete ihre Hände.

Elena ging zurück in die Kammer, Malvin folgte ihr. Eine Weile starren beide auf Rika und ihre Mutter.
„Wie kann man einem Menschen so etwas antun?“, fragte Malvin. „Was wollen wir jetzt tun? Auf den Pferden können wir jedenfalls die kranke Frau nicht mitnehmen.“
„Das ist auch nicht nötig!“

Elena und Malvin fuhren beide gleichzeitig herum. In der Tür stand Thora. Wie eine Rachegöttin schaute sie beide an. „Dass ihr noch einmal herkommen würdet, war mir klar. Ich habe euch nur etwas Vorsprung gegeben. Mir die Luft aus den Reifen zu lassen, war nicht gerade klug, mein Junge. Lassen wir das. Kommt in die Stube. Jana wird sich jetzt erst einmal um die beiden hier kümmern. Keine Angst, Rika wird sich später, wenn sie wieder in die Burg zurückkommt, an nichts erinnern. Jana wird ihre Mutter in eine Anstalt bringen, wo man sich um sie kümmert."
„Ich schäme mich für dich", schrie Malvin. „Was bist du nur für ein Mensch, für eine Mutter? Was hast du dir jetzt für uns ausgedacht?"
„Wartet es ab. Da ihr meine Warnung von gestern in den Wind geschossen habt, müsst ihr jetzt büßen. Aber keine Bange. Meine Großmutter kennt noch viele Hexenbräuche von früher, Elixiere, Medizin, die das Vergessen bringen. Sie besitzt außerdem noch andere Fähigkeiten. Wenn sie später mit dem Trunk fertig ist, dürft ihr gerne davon kosten." Sie lachte hässlich auf. „Ich habe deinem Vater gesagt, dass ich mit dir und unserem Gast den ganzen Tag über unterwegs bin. Also wird man euch heute nicht vermissen."
„Sie haben wohl an alles gedacht?", rief Elena. Warum um alles in der Welt hatte sie ihre Okutido-Wurzel nicht bei sich, die ihr Serafina gegeben hatte, um bösen Zauber zu vertreiben?
„Das muss ich ja, wenn alles gelingen soll, was ich mir vorgenommen habe. Es hätte ja alles nicht so kommen müssen,

wenn die weiße Hexe uns nicht einen Gast aufs Auge gedrückt hätte."
„Jetzt bin ich auch noch schuld an dem, was Sie getan haben?"
Als Jana den Raum betrat, schaute Malvin entgeistert auf. „Das ist doch die Pflegerin von Großmutter Unna. Hast du die auch in deine Intrigen eingespannt?"
Statt einer Antwort beförderten Jana und die Fürstin die jungen Leute zu Rika und ihrer Mutter. Nicht einmal Malvin war fähig, sich gegen die beiden Frauen zur Wehr zu setzen. Dann wurde die Tür hinter ihnen abgeschlossen.

***

Fürst Herold saß um die Mittagszeit an seinem Schreibtisch und studierte die neuesten Bilanzen. Da seine Gattin, Malvin und Elena sich für den Tag entschuldigt hatten, und seine beiden älteren Söhne ihrer Tätigkeit nachgingen, hatte sich der Hausherr einen kleinen Imbiss in sein Arbeitszimmer bringen lassen.
Da betrat sein Diener Gero den Raum. „Entschuldigen Sie die Störung, Fürst Herold, es ist ein Besucher gekommen, der Sie dringend sprechen muss."
„Kennen wir ihn?"
„Nein, er ist mir fremd, aber er besteht darauf, empfangen zu werden."
„Gut, dann bitte ihn zu mir."

Kurz darauf betrat ein Herr in einfacher Bekleidung den Raum. Das, was er erzählte, ließ dem Fürsten sämtliche Haare zu Berge stehen.

Entmachtet

Elenas Blick fiel sofort auf Rika, die gerade aufwachte. „Elena!", flüsterte sie. Sie wollte aufstehen, doch es gelang ihr erst, als Malvin sie stützte.
„Bist du in Ordnung?" Er führte Rika zu Elena, die sie fürsorglich umarmte.
„Danke, mir geht es recht gut, aber meiner Mutter …" Sie brach ab und begann zu schluchzen. Malvin beugte sich über Manda. Vorsichtig, als könne er sie verletzen, legte er eine Hand auf deren Stirn.
„Sie ist heiß, hat sicher Fieber", erklärte er den Mädchen. Elena schob Rika zur Seite und ging zu der Pritsche. Vorsichtig legte sie ihre Hand ebenfalls auf Mandas Stirn, die unter Elenas Fingern tatsächlich glühte. Sie dachte an Alex, als der nach einem Sturz ziemliche Kopfschmerzen hatte, die sofort besser geworden waren, nachdem Elena ihm die Hand auf die dicke Beule gelegt hatte. Ob es bei Manda auch mit dem Fieber funktionierte?
„Was ist mit Mama?", hörte sie Rika rufen, die sich sicher wunderte, dass Elenas Hand noch immer auf der Stirn der Kranken lag. Sie konnte ja schlecht sagen, was sie damit bezweckte. Doch bevor Elena überhaupt etwas sagen konnte, hörten sie laute Stimmen, Männerstimmen.
„Hört ihr auch, was ich höre?", fragte Malvin.
Bevor jemand antworten konnte, wurde die Tür aufgestoßen. Elena staunte nicht schlecht, als sie das vor Zorn rote

Gesicht von Fürst Herold erblickte. Wie um alles in der Welt war er gerade hierhergekommen?

„Geht's euch gut?", fragte der Fürst. Er ging zu der Pritsche, auf der Manda lag, schaute kurz zu ihr hinunter, bevor er sich wieder Malvin und den Mädchen zuwandte.

„Kommt mit, hier ist ja kaum Platz zum Atmen."

Sie folgten Herold in den Wohnraum.

Dort standen seine beiden anderen Söhne nebst dem Diener Gero. Dieser hielt die Fürstin fest, die sich heftig gegen die Griffe zur Wehr setzte. Aber ohne Erfolg.

Elena sah noch jemanden. Den Mann, mit dem sich Thora in der Stadt getroffen hatte.

Herold ging ein paar Schritte auf seine Frau zu.

„Wie konntest du uns das antun?", herrschte er sie an.

Elena war dieser Ton des Fürsten fremd.

Thora schien mit einem Male alle Hüllen fallen zu lassen.

„Hast du mich verraten?", keifte sie und starrte dabei Olf an. „Du steckst genauso mit drin wie Jana und ich."

„Dein Liebster hat mir alles erzählt. Ja, alles. Wo du eigentlich herkommst, was für mich niemals eine Rolle gespielt hätte. Dass du dein Kind, das du von diesem Mann erwartet hast, einfach weggegeben hast. Dass du meinen Bruder Tabor auf dem Gewissen hast – pardon, du hast ja gar keines. Dass du an Mandas Zustand schuld bist. Du hast skrupellos Rika entführt. Wer weiß, was du ihnen, aber auch Malvin, deinem eigenen Sohn, und Elena angetan hättest, hätte sich dieser Mann nicht entschlossen, sich auf die richtige Seite zu stellen. Das entschuldigt natürlich nicht, dass er ebenfalls mit im Bunde war."

Thora wollte sich von Gero losreißen, doch der hielt sie fest.

„Ich wollte Tabor doch nicht töten, er sollte nur krank werden, damit du an seiner Stelle die Herrschaft antreten konntest. Ich habe dir doch nur einen Gefallen getan."

„Da bist du jetzt auch noch stolz drauf, was?"

„Tu du doch nicht so unschuldig, mein lieber Mann", keifte Thora weiter. „Immerhin hattest du eine Liebschaft mit Manda. Nicht Tabor, sondern du bist Rikas Vater."

„Was?" Rika war leichenblass geworden. Sie krallte sich an Elenas Arm. „Du bist mein Vater, Onkel Herold?"

„Ja, du hättest es niemals erfahren dürfen. Tabor war dir immer ein guter Vater."

„So, wo ihr jetzt alles wisst, lasst uns umgehend nach Hause fahren. Doch zuvor noch eine Warnung, die alle betrifft, auch dich, Elena und Thoras Großmutter. Niemand außer uns darf jemals etwas von dem erfahren, was geschehen ist. Habt ihr das verstanden?"

Der Fürst ging zu der alten Frau. „Sie sind also Thoras Großmutter. Haben auch Sie verstanden, was ich gerade gesagt habe?"

„Wohl, Fürst, ich bin zwar schon alt, aber noch ganz klar im Kopf und auf den Ohren. Es tut mir leid, was geschehen ist. Ich habe damals vor über einem Jahr, als ich für Thora das Elixier herstellen sollte, nicht gewusst, wofür sie es braucht. Ich hoffe, ich muss meine Enkelin niemals wiedersehen. Aber wenn mein Urenkel es möchte, würde ich mich freuen, ihn ab und zu einmal zu treffen."

„Gut, diese Entscheidung überlasse ich ihm. Wir kehren nun in die Burg zurück. Vielleicht können Sie sich für eine Weile um die kranke Frau kümmern und für sie sorgen. Vorräte stelle ich Ihnen natürlich gerne zur Verfügung. Mein Diener wird Ihnen bringen, was Sie benötigen."

„Das muss nicht sein. Ich habe alles, was ich benötige, und sorge gerne eine Weile für die Kranke. Aber sollte ich Hilfe brauchen, sind Sie der erste, an den ich mich wende."

An diesem Abend, nachdem sie noch eine ganze Weile mit Rika und Malvin zusammen gewesen war, schrieb Elena in ihr Tagebuch:

Ich bin so froh, dass dieser Albtraum vorüber ist. Rika ist wieder da, ihre Mutter Manda ist in guten Händen bei Thoras Großmutter in Argon. Sie ist eine sehr gute Frau, die eine Enkelin wie Thora nicht verdient hat. Ich hoffe, Manda wird durch ihre Pflege wieder gesund. Rika will sie so oft es geht besuchen. Dass Herold ihr Vater ist, liegt ihr wie ein Bleiklumpen auf der Seele, aber sie wird bestimmt darüber hinwegkommen.

Aus Rücksicht auf seine Stellung als Oberhaupt und Herrscher über Smela will Fürst Herold seine Frau nicht der Kejida übergeben. Stattdessen darf sie die Burg so lange nicht mehr verlassen, bis er eine Entscheidung über das weitere Leben seiner Frau getroffen hat. Das hat Malvin Rika und mir nach dem Abendessen kurz mitgeteilt.

Dass mein Aufenthalt in der Familie meiner Wurzeln so ausfallen würde, hätte ich nie gedacht. Ich muss zugeben, dass ich irgendwie enttäuscht bin und am liebsten gleich morgen abreisen möchte. Schade, dass ich Serafina keine Nachricht schicken kann. Sie würde sofort kommen. So kann ich nur hoffen, dass sie so schnell wie möglich ihre Reise beendet, damit wir gemeinsam in den großen Wald verschwinden können. Mein Entschluss steht jedenfalls fest: Ich werde niemandem hier von meiner wahren Herkunft erzählen.

Elena legte den Stift beiseite und ging zum offenstehenden Fenster. Sie atmete die würzige Luft ein, die von den Tannen leicht herüber wehte.
„Hallo Erdling!“

Das Ajinn war so plötzlich erschienen, dass Elena ziemlich erschrak.
„Wollte ich nicht." Das kleine Wesen starrte sie an. „Du bist nachdenklich oder enttäuscht."
„Beides. Sieht man das?"
„Wir Ajinn haben die Gabe, in den Augen lesen zu können. Sie sind wie ein Spiegel der Seele."
Elena brachte ein Lächeln hervor. „Dieser Spruch könnte auch von uns Erdlingen stammen. Rika ist wieder hier. Es ist in den letzten zwei Tagen viel passiert. Aber ich möchte jetzt nicht darüber reden."
„Kein Problem. Wir müssen ja nicht alles wissen. Was wirst du jetzt machen?"
„Am liebsten heimreisen, aber ich warte auf Serafina. Hoffentlich kommt sie bald."
„Du kannst sie jederzeit herbeiwünschen."
„Was? Warum weiß ich das nicht?"
„Weil diese Möglichkeit ja nie bestand."
„Verrätst du mir, wie ich das anstellen soll?"
„Du hast doch diese Batara-Pflanze. Ich weiß, dass die weise Hexe euch damals eine gegeben hat."
„Mit der Alex und ich von unserer Welt in eure wechseln können, ja."
„Aber du kannst auch hier in Osej jemanden herbeiwünschen, den du kennst."
Elena starrte das Ajinn ungläubig an. „Sag schon, wie", bat sie erwartungsvoll.

„Indem du mit einem Gegenstand, der in diesem Fall Serafina gehört, an der Batara-Pflanze reibst und deinen Wunsch aussprichst."
„Unmöglich", rief Elena enttäuscht. „Ich habe nichts, das ihr gehört."
„Schade, dann musst du warten, bis sie von ihrer Reise zurück ist. Ich will dann wieder. Alles Gute." Dann war das Wesen so schnell, wie es erschienen war, verschwunden.

Elena schloss das Fenster und zog den Vorhang vor. Doch dann schoss es ihr wie eine Erleuchtung in den Kopf. „Die Okutido-Wurzel", flüsterte sie. Ja, Serafina hatte sie ihr doch gegeben, als sie sich verabschiedet hatte. Elena hatte das völlig vergessen. Sofort suchte sie nach ihr. Sie lag zwischen einigen Kleidungsstücken im Schrank. Gleich morgen in der Frühe, noch bevor sie zum Frühstück ging, wollte sie Serafina herbeiwünschen. Hoffentlich hatte das Ajinn recht, und es funktionierte.

Beruhigt schlief Elena bis zum Morgen. Noch bevor sie sich auf den Weg zum Frühstückszimmer machte, holte sie beide Wurzeln, öffnete ihr Fenster und sprach ihren Wunsch. Dann musste sie nur noch warten.
Malvin saß bereits am Tisch. „Guten Morgen", grüßte er. „Hast du wenigstens gut geschlafen?"
„Du nicht?"
„Kein Gedanke. Ich muss noch immer an Mutters Verrat denken. Auch an das, was zwischen Vater und Tante Manda

geschehen ist. Gunnar, Berthe und Rudger sind auch ganz entsetzt gewesen, als wir gestern noch über alles geredet haben. Sie fänden es nur gerecht, wenn Vater Thora an die Kejida liefert. Schließlich hat sie etliche Strafen begangen und sollte dafür büßen wie jeder andere auch."
„Wie denkst du?"
„Ich weiß nicht. Ich bin momentan einfach nicht fähig, einen klaren Gedanken zu fassen. Vater wird sicher eine Lösung finden."
„Für euch alle würde ja viel auf dem Spiel stehen, wenn Thora öffentlich bestraft wird."
„Du sagst es. Warten wir es einfach ab."
Rika betrat den Raum. „Ihr seid schon am Frühstücken."
„Guten Morgen, Kusinchen."
„Schön, dass du mich nicht Halbschwester nennst", erwiderte Rika. „Alles ist so verwirrend. Ich habe noch immer keinen klaren Kopf. Können wir einfach von anderen Dingen reden?"
„Klar. Reiten wir später aus?", fragte Malvin.
Beide Mädchen waren einverstanden.

Sie gaben sich auf ihrem Ausritt in die Stadt fröhlich und ausgelassen, doch im Innern eines jeden und einer jeden herrschte Chaos.

Als sie zum Mittagessen zurückkehrten, erwartete Elena im Speisezimmer eine Überraschung: Serafina.

„Ich bin wieder zurück, viel früher als gedacht." Sie stand am Fenster und hatte sich bis zum Eintreffen der anderen mit dem Fürsten unterhalten. Während der Mahlzeit, an der sonst kein weiteres Familienmitglied teilnahm, sprach niemand ein Wort.

Später begleitete Serafina Elena in deren Zimmer.

„Du hast mich gerufen, warum?"

„Ach, Serafina, ich möchte so schnell wie möglich nach Hause. Es tut mir leid, dass du nun meinetwegen deine Reise unterbrechen musstest."

„Das muss dir nicht leidtun. Wenn es dafür nicht einen triftigen Grund geben würde, hättest du es ja nicht getan."

„Ja, den gibt es. Aber ich weiß nicht, ob ich ihn sagen kann. Es betrifft die Familie und ist kein Grund zur Freude. Ich habe dir gleich gesagt, dass mir die Augen der Fürstin Angst machen."

„So schlimm?"

„Schlimmer. Sei nicht böse, aber ich werde darüber schweigen."

„Gut, ich akzeptiere diese Entscheidung, auch wenn somit die Chronik dieser Familie nicht weitergeführt wird."

Elena schaute Serafina dankbar an. Vielleicht würde irgendwann einmal alles ans Tageslicht kommen, aber sie wollte nicht die Verursacherin sein. Auch wenn sie in einer anderen Welt lebte.

„Der Fürst hat mich gebeten, ein, zwei Nächte sein Gast zu sein, damit du Zeit hast, dich in Ruhe zu verabschieden."

„Am liebsten würde ich gleich gehen, aber der Fürst hat recht. Außerdem muss ich noch etwas erledigen."
„Wirst du ihnen den Grund für dein wahres Hiersein mitteilen?"
„Nein. Das Kapitel meiner Herkunft ist für mich abgeschlossen."
„Es ist deine Entscheidung."

Am nächsten Tag war Elena froh, dass Malvin Rika nach Argon begleitete. Sie wollte unbedingt ihre Mutter besuchen. Diese Gelegenheit packte Elena beim Schopf. Sie holte die Schatulle hervor, griff nach dem Medaillon und öffnete es. Ein letztes Mal wollte sie sich die Fotografien anschauen. Als sie auf das Bildnis des jungen Mannes sah, fiel ihr abermals auf, dass er eine Ähnlichkeit mit jemandem hatte, den sie kannte. Und plötzlich wusste sie auch, mit wem.
Mit Ruwen Mandell, dem Mann von Alex' leiblicher Mutter in Turadero.
Elena war über diese Erkenntnis selbst erschrocken. Das konnte nicht wahr sein. Solche Zufälle gab es doch nicht.
Sie musste es unbedingt Serafina zeigen. Sie packte die Schatulle und klopfte bei Serafina an, die das Zimmer neben ihr bekommen hatte. Elena hatte Glück. Die weise Hexe war anwesend.
Kurz darauf starrte auch Serafina noch einmal auf das Bildnis des jungen Gisbert.
„Und? Sieht er Ruwen nicht ähnlich?"

„Ich muss zugeben, dass ich unsicher bin. Außerdem habe ich Herrn Mandell damals nicht so oft wie ihr gesehen. Du hattest ja schon angedeutet, dass du gerne auch über Jinnis Bräutigam Gisbert nachforschen willst. Jetzt, wo du glaubst, dass dieser Gisbert von damals eventuell ein Vorfahre von Ruwen ist, wirst du dich hoffentlich nicht in ein weiteres Abenteuer stürzen."

„Von Nachforschen und Abenteuern habe ich erst einmal genug. Alex und ich werden sicher noch öfter seine Familie in Turadero besuchen, falls er mich noch lieb hat. Dann können wir Ruwen ja mal so ganz nebenbei nach seinen Vorfahren ausfragen."

„Warum soll Alex dich nicht mehr lieb haben? Ich glaube, er wird viel zu glücklich sein, dass du wieder zu Hause bist."

Elena legte das Medaillon wieder in die Schatulle und ganz oben drauf das Seidentuch. „Kommst du mit in das Gewölbe? Fürst Herold wird nichts dagegen haben, dass ich dich etwas herumführe. Außerdem sind Malvin und Rika nicht da, denn niemand darf je erfahren, dass ich die Schatulle, von der ja keiner etwas weiß, dort irgendwo verstecke."

Glückliche Heimkehr

Elena schaute sich zum letzten Mal die Bilder in der Ahnengalerie an. Serafina machte ab und zu eine kleine Bemerkung, wenn ihr ein Fürstenpaar bekannt vorkam.
„Hier ist Jinni", sagte Elena. Sie zeigte auf eine kleinere Fotografie in einem Silberrahmen. Am liebsten hätte sie die Schatulle davor platziert. Allerdings würde man sie gleich entdecken, sollte doch mal ein Familienmitglied die Ahnengalerie aufsuchen. Deshalb ging sie Serafina voraus in die ehemalige Ahnengalerie, wo sich hinter einem der Regale der Geheimgang befand.
„Hier hingen bis vor vielen Jahren die Bilder", erklärte sie der weisen Hexe.
„Komisch ist das fürwahr", erwiderte diese. „Warum platziert man eine Ahnengalerie in einen Gewölberaum, wo es doch so viele Räume hier in der Burg gibt."
Elena musste Serafina rechtgeben. Darüber hatte sie selbst nicht nachgedacht. Aber für sie spielte es keine Rolle mehr. Sie würde niemals wieder herkommen. Ein kleiner Wermutstropfen blieb allerdings: Rika, die ihr eine Freundin geworden war. Malvin würde sie ebenfalls vermissen, auch wenn ihr seine anfangs recht aufdringliche Anmache auf den Keks gegangen war. Am Ende hatte er sich jedenfalls als guter Freund gezeigt.
„Wäre das nicht ein geeigneter Platz für die Schatulle?", fragte Serafina und riss damit Elena aus ihren Gedanken.

Sie wies zu einer kleinen Tür, die sich etwa fünfzig Zentimeter über dem Boden an einer der Wände befand.
Bevor Elena sich versah, hatte Serafina die hölzerne Tür, die über einen Metallgriff verfügte, mühelos geöffnet.
Elena bückte sich und schaute in ein dunkles Loch. Vorsichtig fasste sie hinein. Die Öffnung war so tief, dass ihr Arm bis zum Ellenbogen darin verschwand. „Ja, ich glaube, das ist der richtige Platz."
Sie nahm die Schatulle zur Hand. „So, Jinni, jetzt bist du wieder zu Hause in deiner Burg. Lebe wohl!"
Elena konnte nicht verhindern, dass ihre Augen sich mit Tränen füllten. Rasch schob sie die Schatulle hinein und schloss die Tür.
„Lass uns ein paar von den Schachteln dort drüben davor stellen", meldete sich Serafina. Vorsichtig, damit ihnen der Staub, der überall lag, nicht in die Nase drang, schoben sie die Kartons vor die Tür.
„Jetzt ist Jinni wieder zu Hause", wiederholte Elena. Ihre Stimme klang dabei belegt. „Wer weiß, vielleicht findet irgendwann in vielen Jahren mal jemand die Schatulle."
„Ja, wer weiß. Doch nun lass uns gehen, bevor die anderen zurück sind."

***

Dann kam der Tag des Abschieds. Elena stand schon sehr früh an diesem letzten Morgen auf. Sie brauchte nur zwanzig Minuten, um all ihre Habseligkeit, bis auf das Kleid, das

ihr Rika geliehen hatte, in die Tasche zu packen, das Bett abzuziehen und im Bad alles sauber zu machen.
Im Frühstücksraum traf sie auf Rika, die sie sofort umarmte.
„Ich bin so traurig, dass du wieder nach Hause fährst. Aber wir müssen uns wieder treffen, bitte."
Elena wusste nicht, was sie antworten sollte. Deshalb war sie froh, als Malvin hereingerauscht kam. Er lächelte sie an.
„Warum bleibst du nicht noch? Oder wartet jemand auf dich?"
„Ehrlich gesagt, ja. Es gibt jemand, der sich freut, wenn ich wieder bei ihm bin."
„Das war ja deutlich", meinte Malvin. Sein Lächeln verschwand. „Schade, ich mag dich nämlich auch sehr."
Er holte sich etwas zu essen, goss sich Kaffee ein und setzte sich. Die Mädchen taten es ihm gleich.
„Aber du kannst uns doch mal besuchen. So weit ist es doch auch nicht bis hierher zu uns."
Habt ihr eine Ahnung!
„Wir werden sehen, aber jetzt lasst uns das letzte Frühstück nicht mit Abschiedstränen begehen. Ich möchte, dass wir drei uns gleich hier verabschieden."
Elena gelang es, ein Lächeln hervorzuzaubern. Sie würde beide sehr vermissen, aber noch mehr vermisste sie Alex, natürlich ihre Eltern und Freunde in einer anderen Welt.

Eine Stunde später saß sie neben Serafina auf deren klapprigem Wagen. Der Abschied von Fürst Herold, seinen

Söhnen Gunnar, Rudger und von Berthe war ihr leicht gefallen. Natürlich hatte sie auch für die Dienstboten noch ein paar nette Worte übrig.
„Willst du gleich heim oder kann ich dich noch dazu überreden, eine Nacht in meiner bescheidenen Hütte zu verbringen?“
„Lieb von dir, aber ich möchte gleich nach Hause. Ich will nur noch meinen Rucksack bei dir mit meinen Klamotten abholen.“
„Du kannst alles behalten, auch wenn du es nicht trägst, dann hast du wenigstens eine Erinnerung.“
„Die habe ich doch sowieso, aber danke.“
„Werden Alex und du bald mal nach Turadero kommen?“
„Ich weiß es nicht, aber wenn wir Massarial und ihre Familie besuchen, dann wirst du es erfahren. Vorerst, denke ich aber nicht.“

Der Abschied an diesem späten Nachmittag von Serafina war sehr herzlich. Elena hatte sogar Tränen in den Augen. Die weise Hexe umarmte sie.
„Mach es gut, meine Kleine, und pass auf dich auf. Ich werde immer an dich und Alex denken. Vor allem freue ich mich, euch irgendwann einmal wiederzusehen.“

Elena verließ Serafinas Haus, holte das Glas mit den zerriebenen Blättern der Batara-Pflanze aus ihrem Rucksack und nahm sich ein paar Krümel. Nachdem sie das kleine Gefäß wieder verstaut hatte, ließ sie die Krümel in ihrem Mund verschwinden. Dann schloss sie die Augen.

***

Die Wiedersehensfreude mit ihren Eltern war groß. Elena saß mit ihnen bis in die Nacht hinein zusammen und musste alles haarklein von ihrem Besuch in Smela erzählen. Der nächste Tag war ein Sonntag. Elena verließ schon vormittags das Haus, um zu Alex nach Mannheim zu fahren. Sie wollte ihn einfach überraschen und bereitete ihn deshalb nicht auf ihr Kommen vor.

Dann stand sie fünfzig Minuten später vor der Tür der Lohensteins. Ihr Herz klopfte recht heftig. Für einen Moment trug sie sich mit dem Gedanken, wieder umzukehren. Gerade wollte sie die Klingel betätigen, als die Tür aufging. Alex stand vor ihr und starrte sie mit großen grauen Augen an.

„Ja, ich bin's wirklich", sagte sie mit zittriger Stimme. Immer noch klopfte ihr Herz sehr stürmisch.

„Ich sehe es. Mein Gott, Elena, wie sehr ich diesen Moment herbeigesehnt habe." Er zog sie einfach in die Diele und sofort in seine Arme. „Du glaubst gar nicht, wie sehr ich es bereut habe, dass ich so eklig zu dir gewesen bin. Kannst du mir das überhaupt je verzeihen?"

„Ach, Alex, ich habe es doch längst getan, auch wenn ich anfangs sehr sauer auf dich war. Man sollte sich nie im Streit trennen, denn man kann nie wissen, ob man sich jemals wiedersieht."

„Nun musst du mir aber alles erzählen."

„Ja, aber zuvor sollst du wissen, dass ich niemals wieder ohne dich nach Osej reise."

„Ist das ein Versprechen?"

„Ja."

Nach einem langen Kuss begann sie zu berichten.

Epilog

Smela: Für ihre Vergehen wurde Fürstin Thora nicht durch ein Gericht verurteilt. Sie wurde stattdessen von ihrem Mann nach Argon in die Verbannung geschickt. Ihre eheliche Verbindung wurde gelöst.
Das Volk war mit Sicherheit über diese Tatsache verwundert, aber es schwieg.
Fürst Herold vergrub sich noch mehr in die Arbeit sowie in den Erhalt seiner Güter. Vorzeitig zurücktreten, um seinem ältesten Sohn alle Ämter zu übertragen, die einem Oberhaupt von Miara und dem Herrscher über Smela zustanden, kam für ihn nicht infrage.
Gunnar von Kaldam bekam am Ende die volle Aufsicht über die Mühle und zog mit seiner Frau Berthe in das langersehnte Häuschen.
Fürst Herolds Schwägerin Manda erholte sich nur langsam. Sie zog in die Burg zurück, wo sich neben Tochter Rika auch eine neu eingestellte Pflegerin rund um die Uhr um sie kümmerte.
Von Thoras Freund Olf hat niemand mehr etwas gehört.
All das erfuhr Elena später einmal von Serafina, als sie mit Alex in Turadero bei seiner leiblichen Mutter zu Besuch war. Ob Ruwen vielleicht ein Nachkomme von Jinnis Verlobtem Gisbert war, konnte allerdings nie genau geklärt werden.
Elena bereute es nie, dass sie ihren Vorfahren in Smela die Wahrheit über sich verschwiegen hatte.

Über die Autorin

Brigitte Kemptner,
Jahrgang 1952, wurde in einer hessischen Kleinstadt geboren. Aufgrund ihrer angeborenen Sehbehinderung besuchte sie eine Förderschule und arbeitete später als Phonotypistin im Öffentlichen Dienst.
Heute lebt sie mit Mann und zwei Töchtern in Brühl bei Mannheim.
Brigitte ist naturverbunden, liest gerne, schreibt Gedichte und seit 2002 auch Prosa.
Einige Kurzgeschichten wurden in Anthologien veröffentlicht.

Von ihr ebenfalls im EPV erschienen:

Nebel von Osej
(Band 1 dieser Serie)
Brigitte Kemptner
empfohlen ab 12 Jahren
Fantasy-Roman
Paperback, Format 13,5 x 20cm, 252 Seiten
Originalausgabe September 2021
ISBN: 978-3-96174-093-2
VK: 11,95 €

Elena war heftig erschrocken, als Alex' Augen völlig unverhofft die ihren getroffen und sie wie hypnotisiert festgehalten hatten. Es war ihr gewesen, als blickte sie in zwei eisgraue Seen. Sie hatte mit einem Male gefroren und Angst in sich aufsteigen gefühlt. Es war ihr nicht gelungen, dem Blich zu entkommen.
Da gab es eine ganz besondere Magie zwischen den Teenagern. Als beide das Geheimnis ihrer Herkunft erfahren, beginnt ein mystisches Abenteuer. Werden sie es schaffen, den mächtigen Fürsten Walgor von Walgsam zu stoppen und für Frieden zwischen den Völkern Smela und Sidoc zu sorgen? Das kann nur gelingen, wenn die Nebel von Osej auf ihrer Seite sind!

Schatten über Osej
(Band 2 der Fantasy-Reihe)
Brigitte Kemptner
empfohlen ab 12 Jahren
Paperback, 13,5 x 20 cm, 228 Seiten
Februar 2022
ISBN: 978-3-96174-101-4
VK: 11,95 €

Nach dem mysteriösen Tod des kaltherzigen und grausamen Fürsten schien die Welt in Osej wieder in Ordnung zu sein. Das Volk Sidoc, das am meisten unter der Herrschaft gelitten hatte, war wieder frei und unabhängig.
Einige Ereignisse in Osej ließen die Bewohner daran jedoch zweifeln. Hatte Walgor vielleicht doch noch genug Anhänger, die seinen Tod nicht so einfach hinnehmen wollten? Spätestens als das Mal des jungen Fürstensohns Alex erneut zu schmerzen beginnt, weiß er, dass seine Familie in der Anderswelt Hilfe benötigt. Zusammen mit Elena stellt er sich ein weiteres Mal den dunklen Mächten in Osej ... Wird er auch diesmal die Schatten seiner Vergangenheit besiegen können?

Dieser Nachfolge-Roman der Fantasy-Story Nebel von Osej sorgt für neue Spannung und noch mehr Magie.
Das Buch kann auch gelesen werden, wenn man den 1. Teil nicht kennt.

Außerdem im EPV erschienen:

Teenager-Tränen
Jugendroman

Brigitte Kemptner
Jugendroman
Paperback, 13,5 x 20 cm, 212 Seiten
ISBN: 978-3-96174-085-7
VK: 11,95 €

Es war fast unmöglich, sich gegen Eltern durchzusetzen, die Spießer waren – als Mädchen schon mal gar nicht. Aber damit hätte ich mich ja noch abfinden können, wären sie nicht auch noch streng und unzeitgemäß gewesen. Klar liebte ich meine Eltern, weil man das als gehorsame Tochter nun mal tat.
Nein, im Ernst, ich liebte sie wirklich. Aber liebten sie mich auch?

Juliane steckt mit ihren 15 Jahren so richtig in der Pubertät. Als dann auch noch der hübsche Felix auftaucht, gerät das Leben aus den Fugen. Denn ihre beste Freundin Lara kann viel mehr Zeit mit ihm verbringen als sie selbst ...

Amanda – eine unglaubliche Reise

Fantasy-Roman

Brigitte Kemptner
Fantasy-Roman
ISBN: 978-3-96174-068-0
Paperback, 204 Seiten, Format 14,8 x 21 cm
VK: 11,95 €
Juli 2020
ab 12 Jahren

Aufregung im Land der Fantasie! Dunkle Gestalten, angeführt von ihrem machthungrigen und hasserfüllten Meister, bedrohen die Völker der Zwerge, Wichtel, Elfen und anderer zauberhaften Wesen. Amanda, ein Mädchen aus dem Menschenreich, wird in die Geschichte verwickelt und erlebt ein gefährliches Abenteuer. Wird sie zur Rettung der Fantasiewelt beitragen können? Wenn sie doch nur wüsste, welche Tür die richtige ist ...

Alle weiteren Infos finden Sie auf
www.verlag-epv.de